『条件達成による処理を実行。
魔物使いは【魔王使い】へと
ジョブをクラスチェンジしました』
魔王って……こ、この女の子が!?」

サシャ
とある古城に封印されていた最古の魔王。
魔王使いへと覚醒したルインにテイムされてしまう。
あらゆるものを破壊する漆黒の炎を操る姿から
『死の魔王』と呼ばれている。
ルイン
勇者パーティーを追放された魔物使い。
しかし、実はオールラウンダーの
司令塔としてパーティーを支えていた。
サシャと出会う事で『魔王使い』に覚醒し、
さらに最強の存在へと近づくことに。

リリス
魔族の少女。その正体は不明。
セレネ
ルインの幼馴染にして、
勇者パーティーに所属するAランク冒険者。
賢霊王と呼ばれるジョブにつき、
精霊術の腕前はトップクラス。

「……それが魔王に貰った力ってわけか。
だが――オレには勝てない！」
クレス
ルインの幼馴染にして、
勇者として認められたSランク冒険者。
しかし、ルインを追放してからというもの、
少しずつその評判を落としていくことに。
「クレス、君にはスキルを使う必要すらない」

魔王使いの最強支配 1

空埜一樹

HJ文庫
960

口絵・本文イラスト　コユコム

The demon lord tamer's strongest domination

第一章——追放から始まる世界

The demon lord tamer's strongest domination

「出て行ってくれ。悪いが、無能に用はないんだ」

ルイン＝シトリーにとってそれは、予想だにしない言葉だった。

王国首都の人通りが多い広場にいるというのに、周囲の雑音が一気に消える。

ルインは思わず呆然となって、目の前の人物を見つめた。

金色の髪を肩の辺りまで伸ばした、端整な顔立ちの青年だ。やや吊り上がり気味の目には確かな侮蔑の色を浮かべ、口元は馬鹿にしたように歪められている。上質な鋼を使った高品質の鎧に身を包み、腰からは細緻な装飾の施された鞘に納められた長剣を下げていた。

クレス＝ヴェリトア。ルインと同じ村で生まれ、幼い頃から共に育ち、互いに互いのことを知りつくしていた。いや——正確には、そのつもりだった。

しかし今のクレスは、ルインの知っている彼とはまるで別人に見える。

「仕方ないわよね。あんたが【魔物使い】のジョブなのに、いつまで経っても魔物一匹すらテイム出来ないんだから。パーティに入れておく意味なんかないわ」

あまりに衝撃的な出来事を前にルインが完全に固まってしまっていると、クレスの隣に居る人物が言った。ふわふわとした栗色の髪の、愛らしい顔立ちをした少女だ。その身に真っ白いローブを纏っている。メア＝ミィアス。ルインと同じ冒険者であり、仲間だ。

だが今は冷たい眼差しに、嘲りめいた薄笑いを浮かべている。

「た、確かにオレはそうだ。でも……だからこそ、他の分野で君達を助けようとしてきた。その為に、色んな武器を扱うよう訓練を重ねて来たんだ」

「ええ、そうね。だけど……それがなんだっていうの？　ねえ、クレス？」

メアに振られ、クレスはわざとのように大きく鼻を鳴らす。

「ああ。そんなもの【剣聖】である俺や、【護身術士】であるメア、【聖鎧騎士】のヴァン、それに――【賢霊王】であるセレネの力があって初めて役に立つ代物だろう。たとえどれだけ腕が立とうとも、所詮はスキルが使えないジョブ持ちに価値なんかない」

もう一人の幼馴染の名を出され、ルインは無意識に体を竦ませた。

「……可能性はあるんだ」

拳を強く握りしめ、自身への歯痒さを噛み締めながらも、言葉を続ける。

「オレのジョブには、クレスやメア、セレネのようにハイレア・ジョブになれるクラスチェンジの可能性がある。その条件の内の一つは既に成功してるんだ」

「それってぇ、『複数回のテイム実行』ってやつでしょ？　ま、確かに具体的な数が不明で、いくら挑戦しても達成できないからって他の魔物使いが諦めていく中、必死で成し遂げたのはそれなりに認めてあげるわ。一万回もよくやったものね」

言葉とは裏腹にメアの顔には馬鹿にするような色がある。だからどうした、と言わんばかりだ。クレスの答えもまた、すげないものだった。

「それで？　条件は二つあったよな。もう一つはいつになったら達成できる？」

「……そ、それは」

ルインは返す言葉がなくなる。何故なら己自身、見当もつかないことだったからだ。

「『託宣』を使えよルイン。確かめてみろ。そこになんて書いてある？」

結果は分かっているであろうに、クレスはにやつきながら要求してくる。仕方なくルインは意識を集中した。

眼前の虚空へ、白い文字群が浮かび上がる。これはこの世界を創造した神からジョブやハイレア・ジョブを与えられた者だけに見えるもので、かの者からの言葉だとされていた。様々なことを教えてくれ、任意によって今現在のジョブの状態を知ることも可能だ。

魔物使い、と記された下に二つの文章が並んでいた。

『クラスチェンジ条件。一・複数回のテイム実行：達成済。二・？？との遭遇：未達成』

やはり、元のままだ。幾分か躊躇ったが、ルインは正直に告げた。

「何かの魔物と出遭うことで解放されると思うんだけど……それが何かは分からない」

「だよなぁ。で、その何かってのはいつ判明するんだ？」

押し黙るルインを、クレスはからかうように見てくる。

「お前は幼馴染だ。だから俺だって待ってやったさ。だけどもう限界だね。これ以上、お前みたいな奴をパーティに入れておくわけにはいかない。正直、がっかりだ」

「……。『勇者』に、選ばれたからか？」

ルインはぽつりと呟き、クレスを真っ直ぐと睨み付けた。

「この間、オレ達のパーティが国から勇者の称号を授与されることになったからなのか？」

「俺達、じゃない。俺が選ばれたんだ。冒険者として数々の功績をあげた俺がな」

不快そうに、クレスは眉間へ皺を寄せた。

「パーティを代表して授与されただけだろ。別に君だけの力じゃない」

「いいえ。クレスが居たからこそよ」

メアがゆるりと首を横に振ると、クレスが大きくため息をつく。

「ま、今その話はどうでもいい。いいか？　勇者パーティっていうのは冒険者の中でも特別なんだ。【魔族】を率いて今この世界を支配しようとしている存在――【魔王】を討伐し、封印する重要な役目を負う。その代わりに、高い地位と名誉を約束され、旅の資金として国庫から多額の補助金が出るんだ。だが勇者パーティとして活動する為には一つ、あることを満たす必要がある。分かってるよな——ルイン？」

　わざわざルインに問いかけて来たのは、直接的に口に出させて一層自覚させようということだろう。クレスの思惑を見抜きながらもルインは言われるまま、答えるしかなかった。

「……Aランク以上の冒険者のみであること、だ」

「その通り！　冒険者には実力と実績によって序列がある。俺は最上のSランクだ。だがルイン、お前は二つ下のBランク、そうだよな？」

　悔しい想いを抱きながらも、ルインは首肯するしかなかった。

「スキルが使えない状態で、Bランクまでいったことは褒めてやるよ」

「ま……確かに、冒険者は大勢いるけど、千人くらいしかいないしね、Bランク」

「ああ。普通はありえない。——凡人の、涙ぐましい必死の努力ってわけだ」

　クレスとメアは互いに目を合わせ、含み笑いを漏らした。

「が、それとこれとは関係がない。所詮、BランクはBランクだ。その千人の中で選り分けられた百人程度がAランクに昇格し、更にその内のわずか一握りの奴だけが——Sランク冒険者になれる」

「そういうこと。つまり、あんたはＡランクであるわたしや、ましてＳランクであるクレスには到底及びもつかない奴ってことよ」

「ああ。だからこそ勇者パーティには相応しくない、と。そうだろう？」

　まぎれもない正論だった。他の仲間はとっくの昔にＡになっているのに、ルインはいつまで経っても同じまま。スキルを使えない者をＢランク以上には認められない。

　それが冒険者を取り仕切る組織――【冒険者ギルド】の見解だった。

「せっかく勇者になれたっていうのに、いつまでもＢランク止まりの奴をパーティに入れておくわけにはいかないんだよ。出て行ってくれるよな、ルイン？　いや――勇者として命じるよ。俺のパーティから、今すぐ出て行け」

　圧のある口調で告げられ、ルインは目を伏せる。

「……でも、昔、オレとセレネ、君の三人で約束しただろ。世界を平和にする為に、皆で頑張ろうって」

「仕方ないだろ。俺の期待に応えられなかったんだからな。全く、魔物使いだって分かった時にはさすがだと思ったのに、失望したぜ」

　大げさな仕草で嘆息するクレスに何も言い返せず、ルインは俯いた。

「というわけでお前はここに置いていく。恨みたいなら恨めばいい。何の力も持たないお前のことなんて、どうでもいいからな」

「……他の仲間も、そう言ってるのか？」

「ええ。わたしやクレスだけじゃないわ。ヴァンも、それにセレネも、仕方ないってね」

メアはクレスの体にしなだれかかり、侮辱するような眼差しのまま、唇を曲げた。

「まあ、そういうことだ。じゃあな、ルイン。セレネのことは俺に任せておけ。お前はせいぜい一介の冒険者として、俺の活躍が聞けるのを待ってるんだな」

高らかな笑いと共に、クレスはメアと共に、ルインの下を去っていく。ルインは、少し前までは肩を並べていたはずの仲間が遠ざかっていく様子を見つめるしか出来なかった。

「オレにも……オレにも力があれば」

無力さを痛感し、独り零した呟きは——虚しく、虚空へと消え去っていった。


オーレンの街にある宿酒場「羽猫亭」は住人だけではなく、外からやってくる客にも好評だ。特に牛肉を香辛料のたっぷり効いた濃いめの味付けで煮込み、半熟卵を落としたシチューは冒険者達にはすこぶる人気が高く、開店して午前中にはほぼ売り切れてしまう。

世界各地に存在する異形の化け物——【魔物】を倒すことを主な生業としている冒険者達は、口を揃えて激しい戦闘の後に食べるこの店の牛煮込みシチューは格別だという。

しかし、普段は恍惚とするようなシチューの味も、今のルインには今一つ楽しめない。

「……はあ」

我知らず重いため息が出た。

クレス達と別れてから、二週間ほどが経っている。

ルイン達の居る国、リステリアで最も発展している首都ティアーズは冒険者人口も多く、その分、宿賃が高い。その為、かなり離れたこの街まで来て冒険者として働いていた。

スキルが使えないといってもBランク冒険者である為、稼ぎにはそれほど困窮しているわけではない。だが、いつまで経っても虚しさは晴れなかった。今まで我武者羅になって突き進んできた目的が、いきなり、なんの前触れもなく消失してしまった――。

その衝撃から立ち直る為には、まだ時間が必要なようだ。

「あー。もう。魔物だけでも厄介なのに魔族まで相手しなきゃならないなんて」

「そうだよな。それまでは幾らか大人しかったのに、魔王が現れてからあいつら活気づきやがって。面倒ったらありゃしねぇ」

前の席に座った、鎧を身に着けた冒険者らしき男女二人が、険しい顔で話し込んでいた。

「でも魔王もこれで八人目よね。いくら勇者が倒して封印してもキリがないわ」

「ああ。封印された昔の魔王だって、何かの拍子に復活すればって思うとぞっとするね」

「……ちょっと。滅多なこと言わないでよ。アルフラ様のお力が破られるわけないわ」

「ま、そうだな。万が一のことがあっても、勇者やハイレア・ジョブをもっている人達がなんとかしてくれるだろうし」

二人はそのまま別の話題へと移り、この間倒した魔物について盛り上がり始めた。

「魔王と勇者、か……」

どこか遠い世界の話のように感じた。幼い頃は、自分こそがクレスと共に世界を救うのだと、そう信じて疑わなかったのに。

古き伝聞に曰く――。

この世の全てを創造した女神アルフラは、次に【精霊】と【魔族】を創り出したという。

そして、精霊には世における森羅万象の管理を命じ、魔族には世界全体の統治を任せた。

しかし魔族は我欲に塗れ互いに争いを繰り返し、やがては女神に与えられた大いなる力によって美しき大地を壊し始める。

そのことを嘆いた女神は粛清の為、無数の雷を落とし、魔族達の多くを滅ぼした。

その上で、今度はルイン達のような人間を創り出したそうだ。魔族の悲劇を繰り返さぬよう、その身と力を弱く、助け合わなければ生きていけないようにして。

人間達は女神の思った通り、互いに手を取り合い、平和に生き始めた。

しかし生き残った魔族達は自らの支配権を奪った人間達を憎み、彼らを襲い始める。

強靭な体をもつ魔族達に脆弱な人間達が敵うはずもない。その存在が急速に脅かされることを案じた女神だったが、再び自ら出て彼らに罰を与えることは出来なかった。

かつての粛清により、アルフラはその力の多くを失っていたからだ。

その代わり、彼女は残された力を使い、資格ある人々にジョブやハイレア・ジョブと呼ばれる能力を与えた。それは宿った人間に超常的な身体能力を与える他、スキルと呼ばれる不可思議な技を幾つも扱うことも可能にさせ、魔族への強力な対抗手段へとなり得る。

ただ、それでも完全とはいかなかった。

魔族達の王である魔王が、残虐な性質と凄まじい力によって尚も人々を苦しめていたからだ。そこで女神は自らの命すらすり減らす覚悟で、あるものを生み出した。

魔王の活動を永久的に封じる至宝だ。女神はそれを、世界で最も強く、勇気のある男に与えた。彼とその仲間達は激闘の末に魔王を倒し、至宝を使って魔王を封印したという。

頭領を失った魔族達は次第に勢力が衰えて行き、やがては鳴りを潜めた。

時が経つと新たな魔王は現れたが、その度に選ばれた人間が同じことを繰り返すことで平和を維持している。やがて魔王を討伐する任を与えられた者を、初代の人間性に例え『勇者』と呼ぶようになったという――。

以上が、今や世界中に影響力をもつ女神アルフラを信仰する【アルフラ教】が人々に広めた経典の概要だ。

ルインは幼い頃から村にある教会で何度も神父から話を聞き、すっかり内容を覚えてしまっていた。いつか魔王を倒す旅で役に立つこともあるだろう。そう思っていたからだ。

ルインが幼い頃に八人目の魔王が誕生し、現在では人間の国が幾つかその手によって陥落している。尚も魔王と、その配下である魔族の侵攻は各地で止まず、一刻も早い事態の解決が望まれていた。

だが各国では魔族への対処で手一杯になっており、肝心の魔王へ人員を割く余裕すらない。だからこそ極めて優秀な冒険者に『勇者』の称号を与え、魔王討伐を任せているのだ。

彼らが魔王を打ち倒し、弱体化させれば、大陸一の大国たるガーランドに保管された『女神の至宝』がそれを感知して発動、その存在を封じるという手筈になっていた。

見事、勇者パーティが魔王退治を成し遂げれば、その者達は英雄として語り継がれる。

それはひいて国力の活性化にも繋がるとして、ガーランドを始めここリステリアや他の国も、続々と優秀な実力を持つ冒険者を勇者とし、魔王討伐に送り出していた。

そうなれば自然と、多くの子ども達は大人達からかつての勇者の活躍を聞かされ、彼らに憧れを抱くようになる。ルインもその一人であった。

（だから互いに誓ったんだ。大きくなったら冒険者になって、勇者を目指そうって）

二人の幼馴染であるクレスとセレネがそれぞれ【剣聖】、【賢霊王】を――更にはルインが【魔物使い】を、つまりは全員がハイレア・ジョブやジョブを授かったこともまたそれに拍車をかけていた。

ジョブを持つ者は教会の女神像の前で祈りを捧げることで、それが分かる。頭の中に文字が浮かび上がるのだ。教会によれば、アルフラからの言葉であるらしい。

また、ジョブは使うスキルによって大きく幾つかに類型化できる。たとえば剣の腕を授かった者は【剣士】、守りの加護を受ければ【戦士】、素早く素手によってあらゆるものを打ち砕くことの出来る力をもつ【武闘家】などだ。

そして、魔物使いと言えばハイレアほどではないにしても、本来恐れるべき魔物を自らの配下にできる稀少で強力なジョブだった。クレス達に続いて、勇者パーティにこれほど相応しいものはない。

これが女神アルフラによって与えられた定めでなくて、なんだというのだろう。

だからこそクレス達に負けないよう、ルインは鍛錬を重ね、教会に通い続けた。

また、魔族についても出来る範囲で調べ上げ、来たるべき時に備えたのだ。

「その結果はパーティを追放されて、一人、か」

は益々落ち込んだ。

無理矢理に己の中から消し去ろうとしていた屈辱、情けなさがこみ上げて来て、ルイン

「……いや、うん。いつまでもこのままじゃダメだよな」

が、しばらくして首を振る。全身に力を込めて、立ち上がった。

「そうだ。前向きにいかないと。過去をいつまでも嘆いても仕方ない」

気合を入れる為、両頬を手で強く叩く。強引ではあったが、なんとか自分を奮い立たせ、心を入れ替えた。

「まだ何もかもが終わったわけじゃない。クラスチェンジさえ出来れば……！」

まだ全ての魔物に出逢ったわけではないのだ。一種類ずつ試していけば、いつか条件をクリアできる相手に辿りつける。途方もない道のりかもしれないが、ここで気落ちしているよりはマシだった。

「よし……やるぞ！」

己を鼓舞する為にわざと大声を出した為、周囲の客が何事かと見てくる。

半ば無理矢理にやったことではあったが、思いのほか効果はあったようだ。先ほどまであった憂鬱な気持ちはかなりマシになっていた。

（……そうと決まれば食べるものを食べて、出発だ）

ルインはシチューをかきこむと、代金を払って店を出る。

見上げた空は晴天。なんだか、自分の新たな人生を祝福してくれているかのようだった。

「うん。まずは冒険者ギルドに行って、依頼を受けるかな――」

そう、ルインが呟きながら、歩き始めた時だった。

前方で、幾つもの悲鳴が発生する。やがて目の前を何人もの人々が駆け抜けていった。

それぞれの顔にはいずれも恐怖が張り付いている。いつもの賑やかな大通りを一変させるような状況にルインが戸惑っていると、街中に響くような大声が聞こえた。

「魔族だ！　魔族がきたぞ――!!」

一瞬、耳を疑った。そんな馬鹿な、という気持ちがこみ上げてくる。

だが否定したいルインを嘲笑うようにして、遠くの方で爆発音が聞こえた。見れば街の入り口辺りが煙を上げている。

逃げ惑う人々の数は増える一方で、皆が必死の表情で魔族の襲来を叫んでいた。

嘘や冗談の類ではないのは明らかだ。

「くそ、この辺りで魔族の目撃証言はなかったはずなのに……！」

ルインは逃げてくる人々とは逆の方向に駆け出した。

するとその先で、最悪の光景を目にする。

街の住人達が——凄惨なまでの襲撃を受けていた。

実行しているのは、数人の男達だ。一見すると人間のように思えるが、全員の背中からは蝙蝠を思わせる翼が生えており、額から山羊のようなねじれた角が生えている者もいた。

「……魔族……！」

ルインは息を呑んだ。かつてこの世界に君臨し、数が少なくなったとは言え、今なお、魔王に従い人類を苦しめ続けている最悪の異種族。

彼らは、両腕の代わりに皮膜のついた翼を生やした、巨大なトカゲのような生き物を従えていた。ワイバーンと呼ばれる魔物だ。魔族は魔物を家畜として飼い、配下として使うことがある。

魔族達は逃げる者を強引に捕まえ、助けを懇願する様に口を歪ませると、その体を素手で貫いていた。また、別の者が数人を固め、怯える彼らに手を翳すと虚空に火焔が浮かび上がる。魔族達が生まれながらにして持っている特殊な力、【権能】と呼ばれるものだ。ジョブのスキルに似ているが、それとは違って個々人によってある程度の違いをもつらしい。

悲鳴が上がり、住人達は口々に慈悲を乞うた。地べたに頭を擦り付け、救済を必死で求める。それを見て——魔族は哄笑した。

たまらなく滑稽であるというように。どうしようもなく愚かであるというように。

次の瞬間、火焔は容赦なく、住人達を焼いた。絶叫はすぐに消え、後には炭と化した者達だけが残る。周囲には武装した冒険者達が倒れていた。いずれも微動だにしない。全て魔族によって命を奪われたのだろう。

「……めろ……」

我知らずルインの口から声が漏れていた。

魔族の一人が、場へ最後に残った男の子の頭を掴んで持ち上げる。

泣き叫ぶ彼を、愉悦を覚えるかのような表情を浮かべたまま、手に力を込めて――。

「やめろ――ッ！」

ルインは咄嗟に腰に下げていた剣を抜き、魔族に飛びかかっていた。

相手は予想だにしない攻撃を前に驚き、男の子を放すと距離をとる。

ルインは片手で男の子を抱き止めると、そのまま後ろへと逃がした。

「なんだ貴様は。興を削ぐような真似を」

魔族はルインを見て、鼻を鳴らす。

「……まあ、いい。貴様、この近くで城を見たことが無いか？」

「城？　何の話だ。今すぐ街から出て行け。そうしないなら……オレが相手になる」

ルインが低い声で告げると、魔族は小首を傾げた。同時に、口端をゆっくりと歪める。

「知らないのなら用はない。死ね」

魔族が手を前に突き出すと鈍い音と共に炎が生まれた。彼が手を振り払うと、それは命に従うようにして真っ直ぐとルインに向けて飛んで来る。

素早く右に移動してかわすと、先程まで自分の居た場所が炎上した。地面が一瞬にして炭化する。まともに喰らえば先程の住人達のようになるのは確実だった。

魔族は次々と炎を放ってくるが、ルインは軌道を予測し、次々と回避していく。

「ちょこまかと鬱陶しい虫だ。……だが貴様、なぜスキルを使わない」

魔族が怪訝な顔をする。武装し、魔族に立ち向かってくる人間は大抵が冒険者で、加えて言うならば冒険者のほとんどはスキル持ちだった。魔物はともかく、魔族に対しては女神の加護を持つスキルでなければその肌に致命傷を与えることはできないからだ。

「……こいつ、スキルを使えないんじゃないですか？」

ルインの様子を見ていた別の魔族が近付いてきて言った。すると他の者達も頷く。

「ああ。使えるならとっくの昔に攻撃を仕掛けてくるはずだ」

「なるほど。そういうことか。愚かな。スキルも使えん人間がおれ達に歯向かえるとでも？」

憐れむような目をする魔族に、ルインは無言で得物の刃を立てて、静かに告げた。

「――試してみるか？」

言うや否や、地を蹴った。鍛え上げた脚力で一気に魔族達に迫る。予想外の速度だったのか、彼らは目を見開いて硬直した。だがその内の一人が声を張り上げる。

「ワイバーン！」

命令を受けた魔物達が一斉に動き始めた。鋭い爪を掲げ、飛びかかってくる。

ただその一匹たりとて、ルインを捕らえることは出来なかった。

体の位置をわずかに変えながら、的確に全ての攻撃を避けていったからだ。

代わりにルインは刃を素早く振るうと、ワイバーン達の翼を根元から切り裂いていった。

地面に落ち、身動きの取れなくなった彼らに次々と剣を突き立て、止めを刺していく。

最後の一匹を仕留めると、ルインは刃の血を払い、振り返って剣を突きつけた。

切っ先の直線上に居た魔族達は、虚を衝かれたような表情を作る。

「馬鹿な……あれだけの数をスキルもなく……⁉」

「たかが魔物を倒した程度だ！」

内の一人が高々と手を掲げた。空中に暗雲が垂れ込め、激しい音と共に稲光が瞬く。

直後、雷が高速でルイン目掛けて降り注いだ。

――が、その瞬間にはもう、ルインは相手の間近まで到達している。

「なっ……」

驚愕の感情を張り付かせたその顔に向かって、剣を振り払う。

額を一閃した刃が、その肌に薄い傷をつけた。

スキルを使っていないルインの攻撃では、大した痛手にはなっていないはずだ。

しかし相手は見せた動き自体に対して呆然としているようだった。

「な……なんだ貴様は⁉　本当に人間か⁉」

慄き退いた別の魔族が手に炎を宿す。剣で戦うには距離があった。ルインは咄嗟に周囲を確かめ、倒れた冒険者達の傍に弓が落ちているのを発見する。

飛びかかると弓を拾い、矢筒から矢を引き抜いた。魔族が権能を使うまでほとんど時間が残されていない。止む無く、倒れるような姿勢で矢をつがえて弦を引いた。

「そんな状態で矢が当たるか！」

嘲弄するように言った魔族の顔が――その場で、固まった。風を切り裂き真っ直ぐ飛んだ鉄製の矢が、真っ直ぐと眼球に突き刺さったからだ。

肌以外の部分、口内や目などの比較的柔らかな箇所に関しては、スキルを発動しなくても深い傷を与えることが可能だ。ルインはそのまま慣れた動きで次々と矢を放った。一射、二射と高速で間髪入れず魔族の目を的確に貫いていく。

魔族は絶叫すると炎を消し、赤ではなく紫の血を双眸から流しながら、その場に蹲った。

周囲の魔族達が息を呑む。ルインはゆっくり立ち上がり、残った者達へと鋭い眼差しを向けた。次いで、あえて淡々とした口調で告げる。

「まだ、やるか？」

そこで初めて、魔族達の顔に恐怖の色が浮かんだ。ルインに対し、底知れぬ化け物を前にしたかのような表情を浮かべ、じりじりと下がる。

「……退くぞ」

しばらくしてから一人が呟くと、他の者達がざわついた。

「相手はたかが一匹だぞ。仕留めるまでやるべきだ！」

「その一匹にわずかな間で魔物と仲間をやられたんだ。この周辺に城を見た者は居なかった。これ以上、無駄な犠牲を出す必要はない」

責めるような言葉に別の魔族が返すと、他の者達は黙り込んだ。やがて彼らはルインに背中を向け、翼をはためかせると空中に浮遊した。そのまま飛び去っていく。

（……行ったか。ほっとしたよ）

スキルの使えないルインでは、あれ以上、彼らを追い詰めることは無理だった。

そこであえて得体の知れなさを演出し彼らの警戒を誘ったのだが、上手くいったようだ。

通常であれば、好戦的かつ勝利に固執する魔族はそれでも向かって来るはずだ。

ただ今回は、彼らに他の目的が存在していた為、あるいは、と踏んだのだ。

（オレに魔物を使役するスキルさえ使えれば、堂々と倒せたんだが……）

忸怩たる想いを抱いたものの、今はそれに囚われている場合ではない。

ルインは頷いて、その場から走り出した。魔族が街を襲った目的は不明だが、他の場所に仲間がいる可能性があった。数を増やしてまた戻って来る可能性もある。

その前に他の街に行って、助力を求めなければならない。

なるべく急ぐ為、街を出てから全速力で移動を続け、一時間ほど経った頃にはオーレンから大分と離れた場所まで来ていた。

周囲は鬱蒼とした森林に囲まれており、微かに鳥の鳴くような声が聞こえてくる。

この森を抜ければ間もなく一番近い街に着く。

そうルインが思っていた時――不意に、あるものが視界に飛び込んできた。

遠くの方に、高々と聳える堅牢な建物がある。巨大な城だった。尖塔が幾つもある立派な造りで、それこそ貴族ではなく王族が住んでいそうな印象を受ける。

「……なんだ？　随分と古い建物のようだけど。あんなもの、あそこにあったか？」

ふとそこで、ルインは思い出した。

——貴様、この近くで城を見たことが無いか？

魔族達が言っていたのはあの建物のことだろうか。彼らはあれを探す為に街に来て、聞き出せなかった腹いせに住人達を襲った、そういうことなのか。

分からないが、もしそうであれば、先程の魔族達やその仲間が城を見つけて合流し、あそこに集まっている可能性があった。

「……少し、確認してみるか」

もし本当にそうであれば、助けを請う上でも、敵の総数は把握しておいた方がいい。

ルインは決断し、辺りの様子を窺いながら歩き始めた。

やがて辿り着いた城を見上げると——その威容さに圧倒されてしまう。王都に居た頃、王城を遠目から見たことはあったが、今目の前にあるのもそれに引けをとらない。

壁は精巧に削られた石を積み上げて造られており、蔦に覆われていた。よく見ると、目立つものではないが、幾つかの傷がついている。城を囲う壁も所々が朽ちていたり、庭にある噴水らしきものの中央に立つ像が半分砕けていたりと、どの程度かは不明だが放置されてから長い時間が経っていることは明らかだった。

「誰が住んでいたんだろう……」

ルインの問いかけに答える者は当然いない。不気味なほどの静けさが漂う中を進み、巨木ほどの大きさもある木製の扉に両手をつけた。

踏ん張って、力を込める。強い抵抗を感じ、最初は鍵がかかっているのかと思ったが——

——やがて軋んだ音を立てて、少しずつ開き始めた。

隙間から入り込んだルインを、だだっ広い空間が出迎える。鮮血のような赤い絨毯が敷かれた先には、左右から緩やかに湾曲し二階へと伸びる長い階段があった。高い位置に備え付けられた幾つもの硝子窓から、柔らかな陽光が差し込んでいる。

先程まで街で繰り広げられていた状況が嘘のような穏やかさだ。それが逆に不安を呼び起こすようで、ルインは慎重に歩き始めた。

壁際には何かを飾り付けるような台座が並んでおり、高級そうな調度品が並んでいたが、いずれも砕けて原形を止めていなかった。壁に焦げ付いた跡があったり傷が刻まれていたりと、かつてなにかしらの激しい戦いが行われたようだ。

奥まで来ると、二階と、地下へと続く階段の先に大きな鉄製の扉があった。

ひとまずは地下を確認することにして、ルインは階段を降りていく。

静寂の中、石階段を足裏が叩く音だけが響いた。

地下への扉を前にし、身を寄せて耳をつける。しばらく待ってみたが物音はしなかった。

(居ないのか?　いや、でも……少し見てみるか)

中の様子を確認する為に扉を押すと、幸いにもあっさりと開き、ルインは身を屈めてそのまま闇へと足を踏み入れる。

一歩先も分からぬ暗黒に戸惑ったが、間もなく視界がはっきりとし始めた。

照明があったわけではない。それこそ舞踏会でも開けそうなほどだだっ広い地下室。

その中央に居る大きな『何か』が、仄かな光を放っていたからだ。

淡い緑色をした結晶体だった。菱形に削られており、原理は不明だが宙に浮かんでいる。

更には、頑丈そうな鎖によって幾重にも縛られていた。

だが注目すべきところはそんなことではない。魔族が居ないことを確かめた後、ルインは近付くと、結晶体の中身をまじまじと眺めた。

「……女の子？」

内部に少女が閉じ込められている。年の頃は十四、五歳くらいだろうか。黒く艶やかな長い髪を結晶体の中で大きく広げていた。

見た目でそうと分かる高級そうな服を身に着けているが、何があったのかボロボロに朽ちており、あちこちに素肌が露出していた。小柄な体をしている割にしっかりと主張している胸の双球も半ば見えかけており、そこに気付いたルインは慌てて目を逸らす。

少女は目を閉じており、眠っているのかあるいは死んでいるのか——結晶体を通してだと分からなかった。

「どうしてこんなところに女の子が……あ、いや、でもこんなことをしている場合でもないか。魔族が居ない以上、他の場所を調べなきゃな」

ルインが、そう呟いた直後のことだった。

『特定条件を達成しました』

不意に目の前に文字が浮かび上がった。ぎょっとするが、すぐに託宣だと悟る。

『魔物使いにおけるクラスチェンジ条件：成功失敗を問わない一万回のテイム実行』

文字が消え、新たなものが浮かび上がった。その内容に――ルインは、目を疑う。

『及び、魔王との遭遇』

魔王、と、口の中で転がす。信じられない想いを味わいながら。

「え、魔王って……こ、この女の子が⁉」

場に居るのが目の前の少女しかいないのであれば、自然とそうなってしまう。

「じゃあ、ここは魔王城なのか⁉　と、というか、魔物使いのクラスチェンジ条件が、魔王との遭遇⁉　どういうことだ⁉」

まさかこんなところで、長年の謎であったもう一つの条件が明らかになるとは。

大いに戸惑うルインを置いて、託宣は更に続く。

『条件達成による処理を実行。魔物使いは【魔王使い】へとジョブをクラスチェンジ』

「ま、魔王使い？　なんだそれ？」

まるで聞いたことがない。文脈からするともしやと思うが、そんなことがありえるわけがないとルインは首を振った。

『新たなスキルを会得。【魔王従属】。スキルを実行しますか？』

「魔王従属？　待てよ。それって一体」

『スキルを実行しますか？』

託宣は基本的に会話をしない。一方的に伝えてくるだけだ。仕方なく言った。

「……じ、実行する」

『スキル実行の為に障害を排除します。鎖に触れて下さい』

未だ事態についていけていないルインだったが、ひとまず状況を進める為には言われた通りにするしかなさそうだ。一歩近づいて、手を伸ばすと、鎖に触れた。

瞬間――激しい音と共に全ての鎖が弾け跳んだ。

同時に、少女の体が前へと動き、ゆっくりと結晶体から抜け出てくる。

「ちょ……ええ？　なに？　なにがどうなってるんだ？」

急いで受け止めると、少女は体を預けて来た。仄かな体温が伝わってくる。

「こ、この子、本当に魔王なのか？　でもだとしたら、勇者に封印されていたんだよな？　オレ、相当に不味いことをしたんじゃないか⁉」

どのような力か分からないが勇者が施した封印を解いてしまったらしい。ルインが慌てていると、託宣は淡々と続けた。

『状況実現に成功。スキルを実行しますか？』

「し、しますかって言われても、えっと」

『スキルを実行しますか？』

「ああ、もう、融通が利かないな⁉」

そういうものだと知ってはいるが、せめて少しくらいは説明して欲しい。

「……これはどういうことだ。あの鬱陶しい勇者めの力が途切れたのか」

と、ルインが慌てていると腕の中で高い声がした。少女が薄らと目を開けている。

「あ、良かった、目が覚めた？　……じゃなくて、あの、なんていうか、君、魔王なのか？」

我ながらどうかと思う質問ではあったが、これ以上のものが思い浮かばなかった。

すると少女は目を擦り、ルインを見上げ、しばらく無言を保っていた。

だが、やがて――子どものように無邪気に笑う。

「そうじゃ。わらわはサシャ。魔族達を率いる存在――【死の魔王】と呼ばれた女よ」

「……。本当に魔王なのか。そうは見えないけど」

「初対面で無礼なやつじゃな。お主こそ何者じゃ。見たところ人間のようじゃが」

むっとしたようなサシャにルインは「ああ、ごめん」と謝ってから口を開いた。

「オレはルイン。魔族がいるんじゃないかと思ってこの城まで来たんだけど……」

ルインは魔王という存在はもっと恐ろしく、相対するだけで威圧されてしまいそうになるような存在だと思っていた。少なくともアルフラ教はそう伝えていたからだ。

しかし今、目の前にいるこのサシャという少女は、口調こそ尊大だが態度や雰囲気はそこまででもない。

「……どうにも混乱しそうだな。魔王使いなんてものになったと思ったら、本物の魔王がこんな女の子だなんて」

「おい、今、なんと言った？」

「え？　いや、だから、魔王使いなんてものに……」

「お主、魔王使いなのか……。ほう。なるほどな。――それを」

刹那。膨大な殺気が膨れ上がった。

「それを先に言わぬか！　葬ってくれるッ！」

サシャが怒りの形相と共に凄まじい速さで迫り、手刀で首を狙ってきた為、ルインは「うわ⁉」と声を上げて既のところで逃れた。彼女はそのまま硬い床に勢いよく突っ伏す。

「痛い‼」

悲鳴を上げた後、サシャはその状態のままで固まっていたが、間もなく体を起こした。

「お主、逃げるとは卑怯だぞ⁉」

「いやいやいや！　普通、助けた相手をすぐさま殺そうとするか⁉」

「ほざけ！　魔王使いは殺す！　慈悲はない！　見せてやろう。わらわの滅びの力を！」

サシャは埃を払って立ち上がると、鋭い牙を見せ、高々と手を挙げる。

轟、という音が鳴った。サシャの手の中に、炎が出現する。だが街を襲った魔族が使っていたようなものではない。寒気がするほどに深い黒を宿していた。

まるで、闇の世界で生まれたものであるかの如く。

「わらわの権能は【絶望破壊】――これなる炎であらゆるものを壊し、砕き、亡きものとする。何人たりとも逃れることは出来ぬ」

ルインは背筋に冷や汗が伝うのを感じた。彼女がもし本当に魔王であれば、街で見た魔族がもつ力の比ではないだろう。

「さぁ、微塵と化すがよい！」

サシャが宣言と共に手を振り払った。炎が弓なりを思わせる形を成して迫る。

ルインは咄嗟に下へ手をつくと、右手に転がった。直後、鼓膜をつんざくような音と共に炎が弾け石造りの床がごっそりと削れた。大量の瓦礫が吹き上がり、次々と落ちていく。

（な、なんて威力だ……！）

こんな力を使えば瞬く間に街一つが消し飛んでしまうだろう。

だが戦慄するルインを他所に、サシャは不満そうな顔をした。

「むう。封印の影響か、魔力が抑えられておるな。上手く権能を使えん。半分ほどの威力しか出せておらんではないか」

これで半分だとすれば、全力を出せばどうなってしまうのか。

（これが魔王か……確かに魔族とは格が違う）

街を襲った魔族達もある程度の強さを持っていたが、彼女は更にその上をいく。圧倒的なまでの力を前に、スキルすら使えぬルインには抗う術がなかった。

「次は外さんぞ。せいぜい悪足掻きをしてみるが良い、魔王使いよ！」

言って、再び炎を操るサシャ。黒き焔が躍るように彼女の周囲を舞う。

（どうする。事態を打開する方法はあるか……⁉）

ルインは床を強く叩いて、思考を巡らせた。だがそこで、再び託宣が現れる。

『対象が戦闘行動をとっています。スキルを実行しますか？』

思わぬ事態の連続で失念していたが、ルインはそれであることに気付いた。

（……待てよ、魔王使いって……もしかしたら）

可能性がわずかでもあるなら縋るしかない。ルインは藁にも縋る気持ちで言った。

「スキル実行――魔王サシャを【テイム】する！」

光が瞬いた。同時にそれは音も無く高速で形をなす。

鋭い棘のついた輪が空中に浮かんでいた。首輪だ。

獰猛な獣につけるような道具が、真っ直ぐとサシャの下へと向かって行った。

「な、なんじゃ⁉　これはもしや……待て！」

サシャは炎を放つが、それは首輪を素通りし、そのままルインのすぐ傍を通り過ぎて後方で炸裂した。

「やめろ！　い、いやじゃ……嫌じゃあああああああ！」

絶叫するサシャに構わず、首輪は彼女の首に当たると再び閃光を放ち――。

ルインが気付いた時には、ぴったりと嵌まっていた。

『テイムに成功しました。対象はルイン＝シトリーの配下となります』

託宣は素っ気無く結果だけを伝えて、掻き消える。

「……ほ、本当にテイム出来た」

自分でやったこととは言え、信じられなかった。よりにもよって、生まれて初めてテイムした相手が、あの魔王だとは。

「おのれ、魔王使いめ！　小癪な真似を！　よりにもよってわらわを従えるとは！」

サシャは首輪を掴みながら、憎悪に満ちた眼差しを向けて来た。

「君、魔王使いのこと、知ってるのか？」

ルインですら――人間ですら初耳だったのを、なぜ魔王である彼女が知っているのか。

「当然じゃ！　わらわはこの世界に初めて生まれた魔王にして、かつて勇者と魔王使い、二人の忌まわしい者どもと対立しておったのだ！　ああああああ！　これをとれええええええええ！」

無理矢理に首輪を引き千切ろうとしたサシャだったが、びくともしていなかった。

「お主もあの魔王使いと同じじゃろう！　己の欲望の為に他者を奴隷のように利用し、好き放題に荒らし回る、唾棄すべき下郎よ！」

「オ、オレはそんなことはしない！」

「信じられるか！　今すぐにわらわを解放しろ！　さもなくば燃やし殺す!!」

血走った目をしたサシャが、先程より遥かに大きな炎を生み出した。

「ま、待て！　冷静になって話し合おう！」

「誰が魔王使い如きと話し合いなどするかあああああ！」

怒り狂ったサシャは腰を捻り、勢いよく炎を投げようとした。

（ダメだ、なにか止める方法は……そうか！　彼女がオレにテイムされたなら！）

ルインは咄嗟に声を張り上げる。

「サシャ！　――倒れろ！」

「ぎゃんっ⁉」

ルインが命じただけで、サシャはそのまま地面に突っ伏した。ごつん、という嫌な音がする。同時に炎も消えた。

「し、指示に従った。この辺りは魔物使いと同じなんだな……」

まさしく魔物使いの上位版。魔王を意のままに操ることが出来るのだろう。

（すごいジョブ……いや、既にハイレア・ジョブか）

しかし、まさかこれほどのものとは思っていなかった。ひょっとすればクラスチェンジの条件が厳しかったのも、使い手によっては危険に過ぎる力になる故のことかもしれない。

間もなくサシャの首輪は消えたが、彼女は這い蹲ったままだ。スキルの効果自体は継続しているらしい。

「ぎ、ぎぎぎ、ぎぎぎぎぎぎぎぎぎ、おのれえええええ」

サシャは歯を食い縛りながら、無理矢理に床に手をついて起き上がろうとした。

「ああ、もう、そのまま伏せて！」

ルインが手を出すとサシャは「おふん！」と声を上げ、再び床に額を打ち付ける。

「ご、ごめん。でも君が落ち着くまではこの状態にさせてもらう」

「絶対に許さんぞお主……」

憎悪を込めた目で魔王から睨みつけられて、ルインは引きつった笑みを浮かべた。

と――その時。奥の方から、荒い足音が聞こえて来た。

「おい、ここだ……！」

現れたのは、街を襲った魔族達だ。ただ数が倍以上に増えている。加えて、街で見た時とは違う魔物まで数匹、連れていた。巨大な体に顔の半分以上を覆った目が一つ、薄汚れた緑の肌に襤褸布だけを身に纏っていた。サイクロプスと呼ばれる凶悪な魔物だ。

「……貴様は。なぜ貴様がここにいる⁉」

驚いている様子の魔族に、ルインは己の推測が当たっていたことを確信した。

「やっぱり、君達が探していたのはこの城か。封印された魔王を見つけに来たのか？　何の為に？」

「知れたこと。我が主の為に――かつて倒れた魔王様達を解放する為よ」

「なんだって……⁉　今の魔王が他の魔王を復活させようとしているのか⁉」

魔王使い以外にもそんなことが出来る者が居たとは。しかもそれがよりにもよって今、人類を恐怖に陥れている八人目の魔王。

もしそんなことが実現されればとんでもないことになる。

ルインは戦慄しつつ、剣の柄に手をかけた。

「ほう。やるつもりか。先ほどと同じとはいかんぞ」

魔族の一人がせせら笑う。彼らは、ルインを恐れて逃げた時と態度を一変させていた。徒党を組むことで優位に立ったと思っているのだろう。

（……実際、この数は少し厳しいか）

もう脅しは効きそうにないし、隙を見て逃げるにしても、一人で相手にするのは骨が折れそうだ。それでもルインはいつでも行動に移れるよう、身構えた。

すると――双方の様子を見ていたサシャが、余裕を取り戻したように声を上げる。

「ふはははははは！　よくぞ参ったぞお主ら。この魔王サシャが褒めてつかわす！」

次いで威厳たっぷりにサシャは告げた。這い蹲ったままではあったが。

「さぁ、この愚かなる者を始末せよ！　案ずるな。魔王使いが従えるのは名の通り、魔王のみ！　お主ら魔族にはテイムは効かぬ‼」

形勢逆転とばかりに牙を覗かせて、勝ち誇った笑みを浮かべるサシャ。だが、一方で、

「……あなたが魔王サシャ様、なのか？」

「い、いや、しかし、最古の魔王サシャ様と言えば、歴代の中でも随一の力をお持ちのはず。その割には……」

魔族達は戸惑うように顔を見合わせた。

「……あまりに、風格がないような」

「あ、ああ、ただの小娘にしか見えぬ、というか……」

口々に言われ、サシャは顔面を強烈に殴られたような顔をした。

「……は？　え？　間違いなく、わらわじゃよ？　あの、権能の力がまるで全ての終わりを司っているようだから【死の魔王】と呼ばれた、誰もが知る世界最初の魔王じゃよ？」

異名の由来を自分で説明する魔王というのも、中々に可哀想な状態だな。ルインはそう思ったが、今指摘すると傷ついた彼女の心を余計に抉ることになると判断し黙っていた。

「なにかの間違いじゃないのか。本当にこの城で合っていたか」

「ああ。しかし、おれには、魔王様が人間如きに這い蹲らされているように見えるんだが」

「魔王使いと先ほど言っていたが。そのような人間がいるのか。聞いたことはないぞ。まさか、これは我らをたぶらかす為に仕掛けた罠で本物は別にいるのでは」

「ああ。主様に聞いていた魔王像とは違い過ぎる。ということはそこにいる者は――」

最後の一人が、ぽつりと呟いた。

「偽物なのでは？」

ぷち。

実際にしたわけではないが、ルインは、サシャの堪忍袋の緒が盛大に切れた音を聞いた気がした。彼女は床に顔をつけたまま、しばらくぷるぷると震えていたが、間もなく呟く。

「……魔王使いの小僧。名を、なんといったか」

「え？　あ、オレ？　えっと……ルインだけど」

そうか、と答えるとサシャは、そこで突然に顔を上げ、

「ルインんんんんんんんんん！　こやつらを完膚無きまでにぶち倒せえええええええ！」

いきなり物騒なことを要求してきた。

「ええ⁉　いや君さっき、向こうの奴等にオレを殺せって言ってなかった⁉」

「わらわを偽物扱いしよるような奴等は許しておけん！　状況は刻一刻と変わり続けるのじゃ！　時の進行速度に追いつくには常に感覚を研ぎ澄ませておけえええ！」

「ずっと封印されていた子に言われてもな⁉」

言い合いをしている内に、魔族達がルインを睨み付けて来た。

「まあ、今はひとまず置いておこう。あの人間を殺してから確かめればいい」

「ああ。先ほどの礼をさせてもらおう。楽に死ねると思うなよ」

やはりそうなるか、とルインは警戒しながら、この場を逃れる術を探す為、辺りの様子を確認した。だが、ここは地下で窓はなく、唯一の出口は魔族と魔物に塞がれている。脱出することは不可能だ。

「……仕方ない。やるだけやってみるか」

剣を抜こうと、ルインが柄を握る手に力を込めた瞬間。再び眼前に託宣が現れた。

『敵性存在の戦闘行動を確認。魔王使い固有特殊スキルが使用可能。実行しますか？』

「え？　特殊スキル……？　なにか新しい力か？」

内容を確かめる暇はなかった。少なくとも剣一本で立ち向かうよりは場を潜り抜けられる可能性があるだろう。

反射的にルインは文字を触った。こうすることでスキル使用は承認されるのだ。

『発動の意志を確認。使用者ルイン＝シトリーの特性に合わせ効果を変換。スキル実行の為に既定言語を口頭詠唱して下さい』

文章はすぐに変化し、ある四文字を浮かび上がらせた。

ルインは向かい来る魔物達に向けて手を翳し、声高らかに唱える。

「魔装・覚醒！」

虚空に漆黒の炎が生まれた。まるでサシャの扱う権能を模したかのように。

それは瞬間的に凝縮し、再び燃え盛るようにして展開した。

炎の内部にある物体が形作られる。長剣だった。刃は水晶を素材にして鍛え上げられたように煌びやかで、しかし闇を溶かしたような暗黒に満ちている。柄も熟練の職人が己の粋を注ぎ込んだかのように美しい装飾が施されていた。

『スキル使用。【魔装の破炎】。魔王サシャの権能を利用し破壊の力を宿した装備を生み出す。前衛、中衛、後衛より使用者の意識・無意識下による選択を反映』

（確かに近接用の武器が必要な状況ではあると思っていたけど……直接言ったり、オレの考えを読み取ったりして、自動的に生み出してくれるってことか）

託宣は掻き消え、別の物を浮かび上がらせた。

『名称【破断の刃】。効果は――』

ルインは後に続く説明文をざっと読んで、長剣を握った。得物はずっしりと重く、常人であれば振り回すのすら苦労しそうだ。しかし、ルインはクレスを支援する為に体を鍛え上げ、あらゆる武器の使い方に習熟している。この程度であれば楽勝だった。

「怯むな。たかが剣だ！　――やれ！」

先頭の魔族が号令をかけると共に、彼らは控えていたサイクロプス達共々、一斉に襲いかかってきた。続いて魔族達が権能を発動し次々と放ってくる。魔力によって顕現した炎や雷、巨大な岩塊が轟音と共に押し迫ってきた。攻撃する暇をなくそうという算段だろう。

だが、回避行動をとることなく、ルインは大胆に前に出て大きく剣を振り払った。

同時、唸るような音と共に刃に黒い炎が宿る。

そして――弾けるような音と共に、ルインの得物によって権能が全て打ち砕かれた。

「権能を消した……⁉　どういうことだ⁉」

ありえない事態を前にして魔族達の動きが一瞬止まる。

サイクロプス達だけが咆哮と共に、巨木のような腕を振るってルインに拳撃を向けた。

「消すだけじゃ、ない」

ルインの言葉と共に長剣へ変化が起こった。

黒炎が一層膨れ上がり――同時に、刃そのものも巨大化する。

元の三倍、四倍はあろうかという規模に更なる重量がルインの腕を襲う。しかし、それでもルインは得物を肩に担いだ。

「なに……⁉　不味い。退け！」

「もう――遅いッ！」

ルインの横薙ぎに振るった黒炎の大剣が、風を切り裂きながら虚空を一閃する。

軌道上に居たサイクロプス達や、後ろに居た魔族達が纏めて直撃を喰らい、凄まじい勢いで背後に吹き飛んだ。壁に激突し、鼓膜を破るかの如き声を上げる。

それが断末魔となり、彼らは床に倒れ、微動だにしなくなった。

ルインは息をつき、長剣を見下ろした。既に元の大きさへと戻っている。

『破断の刃。魔族の権能を破壊し、源となる【魔力】を吸収、一時的に刃が巨大化する。その規模は吸収した魔力の量によって変化し、一定時間の経過により効果は消失する』

改めて託宣を読み、ルインは大いに感動した。

（凄まじい威力だな……。こういう物が、中衛と後衛で、後二つも残されているのか）

魔王を従えるだけでなく、その権能を利用して新たなスキルを生む。それが魔王使いというハイレア・ジョブがもつ力なのだろう。

「ひ、ひっ……」

不意に前方で引きつるような声が聞こえて、ルインは視線を向けた。

魔族の男が一人、青ざめた顔で床に腰をつけている。

「……まだ生き残っていたか」

見れば魔物を含め、彼以外は全滅したようだ。ルインは長剣を携えながら近付いた。

「ま……待ってくれ！　見逃してくれ！」

魔族の男はルインを制するように両手を前に出し、悲愴感の溢れる顔で懇願してくる。

その反応にルインは戸惑った。

（……妙だな、こいつ。今まで出遭ってきた魔族と違う）

だがそれでも、当然、許すつもりは毛頭ない。

「随分と虫の良い話だな。街を、住人をあれだけ襲っておいて」

「ち、違うんだ！　私は彼らとは違う！　現魔王信仰派のあいつらに無理やり仲間にされたんだ！　従わなければ家族を殺すと脅されて！　私は人間を殺したりはしていない！」

「嘘をつけ……！」

剣の切っ先を向けると、魔族の男は悲鳴を上げ、怯えたように後ろへ下がった。

「う、嘘じゃない！　今の魔王のやり方に反対している者もいる！　穏やかに暮らしたいと思っている者もいるんだ！」

ルインは眉を顰めた。目の前の魔族が、本当のことを言っているように思えたからだ。

そもそも虚言を吐くにしても、今のようなことを口にするだろうか。

この世界の人間はアルフラ教から、魔族は全てが残虐で、人間に対して敵意を持っていると教えられている。故にそのようなことで騙される者はいないはずだ。――ただ。

「…………」

ルインには、魔族の言葉に逡巡する理由があった。

その間にも彼は手を合わせて、頭を垂れる。

「……頼む。私には妻と娘がいるんだ。逃がしてくれれば、二度と魔王軍には加わらないと約束する。だから……！」

縋るような様は、窮地に陥った人間のそれと全く同じだった。ルインは当惑し、魔族の男と、剣を交互に見る。そして、改めて口を開いた。

「……聞かせてくれ。今、人間達を襲っているモノは全て、君の言う『魔王側に与している魔族』なのか」

「そ、そうだ。今の魔王様……魔王は邪魔な人間を全て駆逐し、残った者を奴隷化し支配しようとお考えだからな」

「それ以外の魔族はどうしている？」

「……少人数で固まって集落を作り、山や森でひっそりと隠れ住んでいる。私もそうだった。しかし魔王派の魔族達に襲撃され、男どもは戦力として連れて行かれたんだ」

「そういったヒト達は大勢いるのか？」

「あ、ああ。時折、他の集落と交流することもあるからな。さすがに全ては私も把握していないが……少なくとも、十人や二十人といった数ではないはずだ」

ルインは魔族の男から聞かされたことを吟味する為、目を閉じた。

（どうする……こいつの言っていることに何ら確証はない。嘘じゃないというのもあくまでオレの主観だ）

しかし、完全に否定しきれない部分もあるのは事実だ。

というのも――ルインは過去、魔族についてある『疑問』を抱いたことがあったからだ。

（それとこいつの言葉は符合する。なら、もしかすれば……）

二つの選択を前にし、迷い、考え――。

結果、改めて目の前に居る魔族の男を目にし、ルインは決断した。

「……。行ってくれ。これ以上は君に何もしない」

「え……？　ほ、本当か!?　あ、ありがとう！　ありがとう!!」

魔族の男は立ち上がると、何度も礼を言って、ルインに背を向けた。

そのまま、もつれるような足取りで地下の扉を開け、その場を去っていく。

『敵性存在の退避を確認。スキルの行使を終了しますか？』

ルインがため息交じりに現れた託宣に触れると、長剣が消え去る。

「……意外だったな。見逃すとは」

サシャの声に、ルインは振り返った。

「ああ、ごめん。君も解放するよ。動いていい」

ルインの指示にサシャは見えない束縛から解放され、立ち上がる。

「なぜ、あの魔族を殺さなかった？」

「大した理由じゃない。……同じだったんだよ、顔が。魔族に脅されて命乞いをした街の人達と、さっきの奴が、同じ顔をしていた」

「だからなんだというのじゃ？」

「魔族っていうのは全て心の無い化け物だ。ただひたすら力に支配され人間に対して暴虐を繰り返す存在。自分も相手の命も何とも思っちゃいない」

その為、戦況的な不利を悟った上で無駄死にを避ける為に撤退することはあっても、結果が分かり切っているのにこんな風に弱々しく命乞いをするようなことはしないはずだった。もしそのような状況に置かれれば、自ら死を選ぶだろう。

「そんな奴等に人間みたいな交渉をする余地はなくて。だからこそ、筆頭である魔王を含めて全員を倒さないといけない。オレは――いや、オレ達人間は、そう信じていたんだ」

「……今の男はそうではなかった、ということか」

「ああ。……それに、オレは仲間の役に立つんじゃないかって以前、魔王や魔族について色々調べていたんだが。その内、幾つかの文献で気になる記述を見つけたんだ。山や森で魔族に出遭ったが、彼らは人間である筆者を傷つけず、寧ろ怯えるように逃げ去ったと」

それらの本では『教会の教えとは違い、魔族とは言え、敵意を持たない者も居るのかも知れない』という可能性に言及されていた。

「ただ、今まで魔族と言えば伝承にあるみたいな奴等ばっかりだったから、やはりあの内容は間違いか、あるいは極めて特殊な例なんだろうと、オレも思ってたんだけど……」

それが、あの魔族の男を見て、考えを改めた。

「彼は本気で怯え、オレを恐れ、命を惜しんでいた。まるで人間と同じように。だから、もし彼の言う通り、魔王に従わず、ひっそりと生きようとしているヒトが少なからずいるのだとしたら……。その一人である彼をあそこで殺すことは、魔族達が人間に対してやっていたことと同じなんだと思ったんだ」

ルインはサシャの、血のように紅い瞳を見つめて言った。

「だから、殺さなかった。いや……殺せなかったんだ」

「……お主……」

サシャは虚を衝かれたように、目を何度も瞬かせる。

が、しばらくすると、考え深げに喋り始めた。

「……確かに、魔族の中には人間側の思うように、己の命すらゴミのように扱い、他者を理由もなく虐げて悦に入る者もおる。じゃが、同時に他者に優しく、争いを好まず、平和を愛する者もおる。また、自分の欲望を満たす為には好き放題をする癖に、己が窮地に陥ると憐れみを乞う者もおる。魔族とは言え色々といるのだ」

「なるほど。……でも、それは、人間も同じだな」

人も良い奴も居れば悪い奴もいる。人間だから、と総括してどんな存在かを語るのは難しい。というより不可能だ。

「じゃあ……やっぱり、魔族もオレ達と同じ、なのか。でも、もしそうなら、今まで化け物扱いして魔族を倒してきたオレは……」

呟きながら罪悪感に苛まれかけたルインに、サシャは首を傾げる。

「お主は無抵抗の魔族を手にかけて来たのか？」

「……いや、人間を襲撃したり、こっちに対して殺意をもって攻撃してきた奴らばかりだ」

「ならばそれは致し方あるまい。殺さなければ殺されていた。争いとはそういうものじゃ。命を背負って生きることは大切じゃが、それを非と思い自らを戒める必要はない」

「……サシャ……」

同族の命を奪って来た者に対し、それでも気遣うようなことを言ってくれる。それだけでサシャ、総じて魔族というものに対しての印象は、ルインの中で大きく変わり始めた。

「……ありがとう。優しいんだな」

「なっ――べ、別に、そういうことではないが」

誤魔化すように派手に咳払いした後で、サシャは言った。

「ところで、ルイン。今この世界は――魔族と人間が対立しておるのか？」

「え？　あ、ああ、そうだけど……というか、今の世界って？　昔から人間と魔族はずっと争っていたはずだけど」

「そうか。やはりな。お主と先程の奴等のやりとりや、今の話を聞いてそうではないかと思っておったが……いかんな。どうも、わらわはいささか眠り過ぎておったようじゃ。正史が失われるほどに時が経っていたとは」

視線を逸らし、複雑そうな顔で呟いていたサシャは、改めてルインの方を向く。

「聞け、ルイン。かつて――魔族と人間は、争い合ってはいなかった。それどころか、一つの国で共に生きておったのじゃ」

「……ええ!?　いや、でもそんなこと、聞いた覚えないけどな」

「間違いない。――当事者が言っておるのだからそうなのじゃ」

サシャは威厳を見せつけるようにして、豊満な胸を反らす。

「わらわは、人間と魔族の共存を理念に、国を治めておったのじゃからな」

「き、君が⁉　そんなことが出来たのか⁉」

「うむ。無論、全てがそうなっていたわけではない。人にしろ、魔族にしろ、従わぬ者もいた。しかし、多くの者がわらわの考えに賛同してくれ、一つ所に集っておったのじゃぞ」

いささか、受け入れ難い話ではあった。

人間と魔族は互いに交じり合えぬもの——ルインにとってはそれが常識だったからだ。

実際、文献に出てきた魔族も人間を見るや否や、逃げ出している。

彼らにとって人間は、戦うか、接触を避けるか、そのどちらかではないのだろうか。

ルインの顔を見て言いたいことを察したのか、サシャは続けた。

「先ほどの男も言うておったじゃろう。穏やかに暮らしたい者もおると。人が自らを傷つけぬと理解したのであれば、同じような考えを持つ者同士で、共存しようと思う者もおる」

「……そう、なのか」

もしそれが本当だとしたら——全ての人間が、とんでもない誤解をしているということになってしまう。

「しかし志半ばであの憎き『勇者』と呼ばれる者によって封印されてしまい、わらわの理想は露と消えてしまったようじゃ。まったく、はらわたが煮えくり返るとはこのことよ」

「……でも、サシャの言っていることが本当だとして、どうして勇者が邪魔をしたんだろう？　オレからすれば良いことのように思えるけど」

人間と魔族が一緒に生きる、それが実現すれば、互いに殺し合うこともなくなるだろう。不都合なことなど、何も無いように思えた。

「さぁな。アルフラからすれば魔族は失敗作じゃ。出来損ないがいつまでも存在していること自体が我慢ならなくなったのかもしれない」

「そんな理不尽な……」

「万能なモノは総じて自分本位になるのかもな。ま、あくまでもわらわの読みじゃが」

「だけど、サシャはどうして人間と魔族の融和、なんてことを考え出したんだ？　魔族は女神によってほとんどが滅びて、人間に支配権を奪われたんだよな」

憎悪を抱くにせよ、仲良くしようなどとは思えないのではないか、という気がする。

「……まあ、色々とあってな。詳しく話すと長くなるから割愛する」

ほんのわずか、サシャのふてぶてしいとも思える顔に影が差した。あまり語りたくないことなのだろう、と察して、ルインもそれ以上は追及するのをやめる。

「……それよりも、じゃ。どうじゃ、ルイン、お主に提案があるのじゃが。――わらわと手を組まんか？」

にやりと笑って、サシャはルインに手を差し出す。

「未だ完全ではないとは言え、わらわの力とお主の魔王使いとしてのスキル、二つが合わされば生半可な輩では敵うまい。今の魔王を倒し、今一度わらわの理想を叶えてはみんか」

「人間と魔族が共に暮らす世の中を、か？」

「そうじゃ。お主が居ればかの勇者も敵ではないだろう。人間どもも纏めて支配して、文字通り世界を征服してしまうのじゃ！　どうじゃ！　夢のある話じゃろう！　ふはははははははは！」

高笑いを上げるサシャを、ルインはしばらく見つめた。

だが、こみ上げるものを我慢できずに噴き出してしまう。

「な、なんじゃ⁉　なにが可笑しい⁉」

「ああ、いや。素直じゃないなと思って。要するにあれだろ。人間と魔族が争っている世の中をなんとかしたい。だから協力してくれ。そういうことだよな」

「そ、そういうことではないぞ⁉　いやそういうことではあるのじゃが！　じゃが！」

図星を突かれたのか、サシャは顔を赤くしてそっぽを向いた。

「じゃが……お主はどうやら、かつての魔王使いとは違う人間のようじゃ。お主のようなモノであれば、その、まあ、手を組むに値するような？　気が？　しないようでもないで

もないでもない、そんな気がそこはかとなくするという、なんかそういうアレじゃ」

「……そうだな」

サシャやあの魔族の男が言う通り、魔族の全てが人に対して敵意を持ってはいないのだとして。だとすれば、彼らもまた、現状を打開して欲しいと願っているだろう。

また人間の中にも、魔族の真実を知れば仲間になりたいと思う者もいるかもしれない。

「……考えてみれば、魔王を倒した後のことって、考えてなかったな」

「うむ？」

「いや。魔王を倒して、魔族の勢力が衰えて、でも時が経つとまた魔王が現れて。その繰り返しがずっと続いているっていうのは、思えばキリがないことだなって」

「まあ……そうじゃな」

「なら――魔王を倒した後で、それを終わらせられるというのなら、良いかもしれない」

魔族と人間の共存。果てない夢だが、目指す価値はあるように思えた。

世界を平和にする。それが、かつてルインの抱いた目標だった。

魔族を全て滅ぼすことが唯一の道ではないのなら、そちらを歩むのもいい。そう思えた。

「分かった。サシャに力を貸すよ」

「誠か⁉」

身を乗り出してくるサシャに対して、ルインは頷く。

「ああ。現状を変える為には今の魔王を倒すことは必要になってくるだろうけど……その後で、魔族が人と変わらぬ心を持っているというなら、戦わず共に生きることも出来るはずだ。そうすれば誰も傷つけ合わず、世界の平和が実現できる」

「ああ、そうじゃ。実際、わらわはそれをやってのけたのじゃからな！」

「やれるだけ、やってみよう。だけど、簡単じゃないはずだ」

サシャがルインの言葉を肯定するように、顎を引いた。

「だからその第一歩として、人間と魔族が共に暮らせる場所を作るのはどうだろう。そこでは種族ではなく個人が個人として向き合う関係を結べるんだ。それが広がっていけばやがて全ての人と魔族が手を取り合える日が来ると思う」

「ふむ。わらわも最初はそうしてきた。異論はないぞ。ならば……この城をその拠点とし提供してやろう」

「ん、いいのか？　そんなことしてもらって」

「無論じゃ。わらわの時代がそうじゃったからな。ここは城もそうだが庭も広い。ちょっとした住宅施設程度は建てられるじゃろう。尤もこの城も見たところいささか老朽化しているからな。まずは修繕が必要になるじゃろうが」

「じゃあ建築関係のヒトが必要になるな。集めてみようか。後、人が生活するならお店とかを経営するヒトもいるだろうし……」

「その前に住む者が優先だろう。城を直しても誰も来ませんでしたでは話にならん」

尤もだ。ならば目下のところ、そもそもの住民探しが目標となるだろう
「……だけどサシャの目的を達成する為には、相当な障害が予想されるな。魔王やそれに従う奴等が邪魔をしてくるかもしれないし。他に戦力があるに越したことはないんだけど」

「うむう。そうだな。わらわだけでも十分に足るとは思うが——十分に足ることは確実だが、確かに念の為、他の仲間を集めることが必要になってくるじゃろう」

「なんで今二回言ったんだ？」

「重要なことだからじゃ。して……お主に尋ねるがこの世界には、現魔王とわらわ以外にも複数の魔王が居るな？　いや、居た、というべきかもしれぬが」

「ん、よく分かるな。居るよ。君を入れて全部で七人。全員、勇者に封印されているけど」

「七人か。多くなったものだな。わらわの頃は、わらわを入れて二人だけだったが」

「……魔王が同じ時代に二人も居たのか？」

初耳だった。伝承に依れば、新たに生まれる魔王は一人だけだったはずだ。

「うむ。わらわ達、魔族の使う権能の源は、体内に循環する【魔力】と呼ばれるものを燃

料としているのじゃが」

「ああ。さっきスキルを使った時の説明に書いてあったやつか」

「そうじゃ。魔力の量は魔族によって違い、それによって扱える権能の威力や効果も変わってくるのじゃが。魔王とはその魔力が他に比べて桁違いに多い者に宿る資格なのじゃ」

サシャは服の袖をまくって腕を露出する。そこには奇妙な紋様が描かれていた。

「これはその資格を授かった者にのみ刻まれる痣じゃ。【王の証】と言われるものだと女神アルフラが言っておった」

「そうか……魔族は人間の前にこの世界を支配していたからな。大勢を従える為には強い力を持つ王様みたいな人が必要だったってことか」

「そうじゃな。ま、その従えるべき魔族の多くが滅び去ってしまったわけじゃが」

皮肉げに口元を歪めるサシャの横顔には、どこか寂寞としたものが漂っている。

「……ええと、あの、なんていうか」

アルフラ教の教えでは度を越した魔族の横暴さを嘆いた女神が彼らを滅ぼしたとあり、ルインも自業自得ではあると思っていたのだが——こうして現実に生きる魔族と相対していると、そう断じるには抵抗を感じてしまっていた。

「気にするな。ま、女神には色々と言いたいこともあるが、一部の魔族が考え無しに暴れ回っていたのも事実だしの。で、話を戻すが魔王は極めて強い魔力をもつ魔族に与えられる資格じゃ。よってそれだけの力があると認められた者が二人居れば、当然、二人の魔王が誕生することになる」

「ふうん。じゃあ、そのもう一人の魔王はサシャと同じくらい強かったってわけだな」

「いやわらわの方が強いが？」

「え。でも魔王の資格が与えられたってことは、そのヒトも同じ魔力があったっていう」

「絶対完璧間違いなく文句のない程にわらわが強いのじゃが？」

「……そうだな」

言い知れぬ圧を感じた為、ルインは頷く他なかった。

「そうなのじゃ。さて、話を戻すぞ。この世界に魔王が後六人もおるなら丁度良い。お主、その全てをわらわのようにテイムするといい。そうすればこの上ない力となるじゃろう」

「あ……そうか。それは確かに良いな。魔王が仲間に居るとなれば、オレ達の言葉に賛同してくれる魔族も出てくるかもしれない」

それでも簡単にはいかないだろうが、少なくとも大きなきっかけにはなるはずだった。

「それにそこで倒れている魔族どもが言っておった。現魔王が他の魔王を復活させようとしていると。なんのつもりかは知らんが、配下の行動を見ていれば平和的な目的ではないのは明らかじゃ。ならば先回りして、残る全ての魔王を解放し、テイムしてしまえばいい」

「なるほど。そうすれば現魔王の陰謀を阻止できる上に、こっちの戦力も上がるな」

その通りじゃ、とサシャは不敵な笑みを浮かべた。

「ただ、他の魔王も協力してくれるかな」

「ん？　テイムスキルがあるのだから、わらわのように強制的に従えてしまえばよかろう」

「そんなわけにもいかない。サシャの時は緊急避難的な意味もあってやってしまったけど……出来ればちゃんと筋は通したいからな」

「阿呆。全ての魔王がわらわと同じではないぞ。それどころか、人間と手を組もうなどと言おうものなら、問答無用で殺しにかかってくるかもしれない」

「……う。まあ、確かにそうだな」

甘い考えだったかと項垂れるルインに、サシャは肩を竦める。

「やるのなら、テイムした後にするんじゃな。どうしても嫌だと言うならその時また考えれば良かろう」

「……そうだな。魔物使いにはテイムした魔物との関係を解消するスキルもある。ということは魔王使いだっていずれ、同じものを覚えるはずだ。もし拒否されたら、それを覚えてから契約を解除すると伝えるよ。もちろん、サシャも嫌になったら言って欲しい」

「わらわは協力を申し出ている身じゃ。そのようなことはないが……お主は本当に変わった人間だの」

苦笑気味に言うサシャ。だがその口調には、何処か親しみのようなものが込められているように、ルインには思えた。

「よし。そうと決まれば、まずは拠点に集まる仲間を集めつつ、他の魔王を探しに出発しよう！」

「うむ。ああ、だがその前に一寸待て。やっておくべきことがある」

ルインと共に城を出ると、庭を横切り、門を抜けたところでサシャは振り返り、手を翳した。

念じると彼女の掌から漆黒の炎が噴き出し、それは瞬く間に庭を含めた城の周囲を囲ってしまう。やがて、火が消失するのと同時に、城その物も無くなってしまった。

「うわ。なんだこれ？」

「破眼の結界じゃ。城の周囲を覆い、隠してしまう。力が発動している内は何者の目にも城の姿は映らぬし、わらわの認めた者以外は入ることも出来ぬ。わらわが封印される直前にも、最後の抵抗として人間どもにこの城を荒らされないよう、これを施したのじゃ」

「へえ。じゃあ、城がいきなり現れたのは、結界の力が切れたせいか」

「そうじゃな。わらわが封印されてからどれほどの時が経っているかは分からぬが、さすがに耐え切れなくなったのじゃろう」

「それでも今まで持っただけで凄いよ」

「ふふふふ。それほどでもある。……まあ、そのせいで魔力が枯渇してしまい、かなり弱体化してしまっているが、おかげで必要以上の破壊や略奪からは逃れたようじゃ」

満足そうに言ってサシャは、前を向く。

「さて――参るぞ、ルイン。再び野望の幕開けじゃ！」

そうして消えた城を背にした彼女は、威厳高らかに歩き始めるのだった。

第二章――真の価値は誰にあるのか

夜よりも尚濃い暗黒が、何処までも部屋に広がっていた。

本来、生きとし生けるものは闇に怯える。何も存在していないかのような空間。全ての命が潰えたような世界。それは誰にも逃れられぬ死を象徴しているかのようで、だからこそ無意識的に恐れてしまうのだろう。……ただ、彼女は違った。

彼女は闇を迎え入れた。彼女は無を抱いた。

彼女は、滅び去った世界を愛した――。

「死の魔王を逃した、か」

囁くような声は、やがて闇に溶けていく。その儚さもまた、彼女には好ましい。

「まさか魔王使いが再び世に誕生するとは、な。いささか厄介ではあるが……まあ、良い」

広い部屋で玉座に腰かけながら、彼女は目の前の部下に告げた。

「【剣永の魔王】【獣の魔王】【命翠の魔王】【霊の魔王】【支海の魔王】【天翼の魔王】――残る六人の魔王を引き続き、解放せよ」

相手の胃の腑を、重く、鋭く、突き刺すが如き声で。

「それこそが我が宿願。違えればどうなるかは理解しておろう」

「……仰せのままに」

闇の中で、部下が深々と頭を垂れた。偉大なる者。崇拝せし者。神と等しき者を前にしたかのように。

「死の魔王のように後手に回らぬよう、魔王使いより先んじて正確な場所を特定することと致します。その為の手はわたくしめの中に」

「良かろう。……働きに期待する」

彼女は薄らと笑う。一抹の優しさを見せるように。部下は告げる。静かに、冷徹に。

「お任せ下さい。……魔王様」

それは漂う闇の中で、微かに響いていった。


──こんなはずではなかった。

クレス＝ヴェリトアは、魔族の集団に囲まれる焦燥の中、何度もそう思っていた。

「【剣光一閃】！」

繰り出した長剣の刃から、光の衝撃波が放たれる。それは目の前の魔族の女を真っ二つに切り裂いた。【剣聖】のスキルが齎す威力は強大だ。

しかし、クレスに自身の能力を誇る暇も、勝利の余韻に浸る余裕もない。

「おい！　グリネア！　後ろだ！」

指示を飛ばすと、視線の先に居た青年が慌てて振り返った。魔族の男が彼の無防備な背中に向けて肉薄しているところだ。

「あ、ああああ！　や、やれ！」

グリネアが急いで命令すると、彼の傍に控えていた巨躯なる一つ目の魔物——サイクロプスが手に持った棍棒を振りあげた。しかし、叩きつけた得物が砕いたのは地面だけだ。

既に左に移動していた魔族の男が腕を振ると、土中から数本の草の蔓が飛びだした。それは蛇の如くうねりを見せながらサイクロプスの全身を縛り上げ、動きを封じてしまう。

「し、しまった！　クレス、助けて！」

グリネアが絶望的な表情で見てくるのに、クレスは強く舌打ちした。

「自分でなんとかしろ！　それくらい出来るだろ⁉」

「無茶言うなよ⁉　僕は魔物使いだぞ⁉　自分で戦うなんて出来るはずがない！」

こいつもか、とクレスは失望感を味わう。グリネアで三人目の魔物使い。苦労して探し出し、仲間にしたのに、誰も彼も同じことを言う。

「セレネ！　頼んだ！」

自身も複数の魔族を相手にしていた為――クレスは、近くに居た人物に声をかける。

細かく編み込まれた銀色の長い髪を、背中まで垂らした少女だ。切れ長の目に良く通った鼻筋、小さく形の良い唇に、透き通るような肌。その身を包み込んだローブは長く、ゆったりとしているが、それでも胸部が二つの山となって生地を盛り上げている。

セレネ＝エンナー。ルインに続く、クレスのもう一人の幼馴染だった。

彼女は頷き、持っていた杖を地面に突き立てた。

「あまねく精霊よ。我が捧げに依りその力を貸し与えたまえ。【翡翠なりし暴刃の王】！」

セレネの周囲に嵐の如き風が巻き起こり、周囲の魔族を吹き飛ばす。同時に、幾つもの疾風が虚空を走り、グリネアを襲おうとしていた魔族を何重にも亘って切り裂いた。

「よし……！　ヴァン、お前は前衛だろう！　もっと積極的に敵の攻撃を引きつけたらどうだ！　メア！　後衛担当の癖に遠距離から魔族が権能を使おうとしているのが見えないのか⁉　さっさと相手の動きを止めろ！」

仲間を叱りつけるクレスだったが、彼らは切羽詰まった顔で抗議してくる。

「やることはやってる！　だが限界はあるぞ！」

「ご、ごめんね。でも、あっちからもこっちからも攻撃が来るの！　全て見てられない！」

クレスのパーティはいずれも類まれなる力に恵まれた者達ばかりだった。

ジョブながら魔物を操る稀少な力を持つ【魔物使い】のグリネア。

防御力に特化した戦士のハイレア・ジョブ【聖鎧騎士】のヴァン。

どんな傷もたちどころに治すだけでなく、相手の動きを封じたり、五感を麻痺させる力も扱うことも出来る回復術士のハイレア・ジョブ【護身術士】をもつメア。

そして、世の森羅万象を司る精霊と呼ばれる不可視の存在の力を借り、様々な強力な現象を起こす精霊使い――そのハイレア・ジョブである【賢霊王】のセレネ。

最後に光の力によって攻防一体の戦いを実現する【剣聖】のクレスと合わせ、自他ともに認める、他の冒険者達とは一線を画すパーティである。

だがそれほどの実力を以てしても、現状、クレスを含めた他の全員が自らの範囲に対応するだけで手一杯になっているようだった。単純に、敵の数が多過ぎるのだ。

「――くそ！　どいつもこいつも！」

クレスは苛立ち混じりに地面を蹴った。

「やれやれ。勇者と名乗るからにはもう少し手応えがあるかと思ったがな」

魔族の一人が含み笑いを漏らす。その目は完全にクレス達を見下す者のそれだった。

「う、うるさい！　黙れ！　――【光迅瞬来】！」

　クレスが叫ぶと全身が光を纏う。そのまま走り出すと、動きが高速化し、刹那で相手に辿り着いた。剣を真一文字に振り抜く。

　だが、両断した魔族はその場で揺らぎ、蝋のように溶け消えた。

「分身……⁉」

「気付くのが遅い。死ね」

　驚愕したクレスは後頭部に衝撃を受けた。そのまま地面に押し倒される。

　同時に首筋を握られた手に力がこもった。終わりを予感し、クレスの全身が総毛立つ。

「【紅蓮なりし灼熱の王】！」

　だが直後に背後で熱波が生じて、絶叫が迸った。振り返ると炎上した魔族がふらつきながら倒れ、そのまま朽ちていく。

「た、助かった……悪いな、セレネ」

　急いで立ち上がって礼を言うクレスを振り向きもせず、残存する魔族と対立しながらセレネは言った。

「クレス。撤退しましょう。このままじゃわたし達は負けるわ」

「馬鹿な⁉　今までこの程度の奴等は倒してきたじゃないか⁉」

「だったらなぜ、わたし達は今、こんなに苦戦しているの⁉」

突き刺すようなセレネの言葉に、クレスはぐっと押し黙る。彼女の言う通りだ。状況は明らかに劣勢だった。仲間達が自分を見つめる目も、そう言っている。

「だ、だが、俺は勇者だ。魔王どころか、魔族相手に逃げ出すなんて……」

「あなたがまだやりたいなら好きにすればいい。だけどわたし達は引くわ」

「勇者である俺を置いていくというのか⁉」

「その勇者が頼りないからセレネは言っているんだ！」

強く睨み付けてくるヴァンに、クレスは反論することが出来なかった。

「く……ああ！　分かった！　撤退だ！　【光界招来】！」

仕方なくそう告げて、剣を突き立てる。

スキル使用によって辺り一帯に眩い光が放たれた。それは魔族達の網膜を焼き、一時的に視力を奪う。その間に、クレス達は戦場に背を向けて逃亡した。

現場となった街から危険の及ばないところまで来たところで、ようやく足を止める。

「お前ら、いい加減にしろ！　これで撤退は何度目だと思ってる⁉」

クレスが仲間達に怒号を飛ばすと、グリネアが弱々しい声を上げた。

「仕方ないじゃないか。というより、相手をする魔族の数が多過ぎるんだ。いくら勇者パーティだからって、他のパーティと連携をとらずに、あれだけの敵を倒すなんて無茶だよ」

「これまでは出来ていたんだよ！　大体、お前が弱い魔物ばかりテイムするからじゃないのか？　もっと強い奴を狙えよ！」

　近付いて胸ぐらをつかみ上げたクレスに対し、グリネアは悲鳴を上げた。

「そんな！　でも、サイクロプスは上級指定魔物だよ？　あれ以上になると最上級のギガント・オーガとか、ブリザード・ウルフとか」

　魔物はその脅威度によってギルドが階級分けをしている。下級から始まり、中級、上級、最上級、最後は危険級だ。最上級の魔物をテイム出来れば、大きな戦力になるのだが――。

「なら、その辺をやればいいだろ！」

「む、無茶だよ！　そんなの滅多にいないし……」

「探せよ！　一人で探し回って倒してテイムしてこい！」

「そんなこと、出来るわけないだろ⁉　魔物使いは普通、他の仲間と力を合わせて魔物を傷つけ、弱らせたところをテイムするんだ。上級相手なら僕の配下の魔物でもなんとかなるかもしれないけど、最上級になると手に負えない！」

「ルインは上級指定を、自分一人で戦って弱らせていたぞ⁉　配下の魔物がいるお前なら、最上級くらい倒せるだろ！」

　ろくにスキルを使えない自分がギルドの依頼以外でクレス達に負担をかけるわけにはい

かないと、ルインはテイムを実行したい時、いつも自分一人でやっていたのだ。

「な、なんだよ、その話。そんなの、聞いたことがないよ。魔物使いは元々、前衛向きのジョブじゃないいんだ。そんなこと出来る人はいないはずだ」

「……なんだと……？」

予想だにしない言葉に、クレスは思わず、グリネアから手を放す。

「……そうか。ルインだ。さっきの戦いでずっと付きまとっていた違和感の正体が分かった。ルインの声がしなかったんだ」

その時、ヴァンが呟くのに、クレスは彼の方を振り向いた。

「いつの間にか当たり前になっていたが……魔族や魔物を相手に戦う時、要所要所でルインが声をかけてくれていた。あっちの方が無防備になっているから防御を固めてくれとか、こっちは引き受けるから死角のあるところを重点的に守ってくれ、とか」

「……ええ、そうね。それにルインはわたし達が目の前の戦闘に集中できるよう、色んな障害を排除してくれていたわ。彼は前衛、中衛、後衛、どの武器もすごく上手に扱えるから、状況に応じて助けてくれて。考えてみれば……彼はずっと、このパーティを陰で支えてくれていたのよ」

セレネまでルインを肯定するようなことを言い出した為、クレスは大いに慌てた。

「お、おいおい。だがそれは俺達の力があってこそで、あいつは所詮、支援止まりの奴でしかなくて――」

「その支援のおかげで、あなたは勇者になることが出来たんじゃない？　クレス」

が、クレスの声を遮って、セレネが更に険しい顔で追及してくる。

「さっきもそうだし、彼が抜けてからずっとそう。クレスは確かにスキルの力は凄いけど、自分が勝つことしか考えていないから、他の誰かのことを考えて的確な指示を飛ばすことが出来てない。その部分をルインが担ってくれていたからこそ、わたし達は冒険者として着実に功績を積むことが出来ていたのよ」

「ああ。セレネの言う通りだ。気付くのが遅過ぎた。クレス……同意したおれが言うのもなんだが、ルインを外したのは、間違いだったんじゃないのか？」

「そ……そんなことないわよ！　それに、クレスがあいつを外したんじゃない。あいつが勝手にパーティから抜けたのよ！」

ヴァンの指摘に、メアがいきり立った。

「……ねえ、クレス。確かにわたしもヴァンも、あなたからは、ルインが自分でパーティを出て行ったたって聞かされていたけど。それって本当なの？」

セレネがクレスに不審げな眼差しを向けてくる。

「わたしはあなた同様、ルインのことを昔から知っている。彼は一度決めたことを途中で投げ出すような人じゃないわ」

「……なにを言ってるんだ。俺が説明した通りだ。あいつは危険な冒険者なんて辞めて他のことをするって、俺達を見捨てたんだよ！」

クレスはセレネとヴァンのどこか責めるような視線に、益々強い焦りを覚え始める。

「そ、それに、さっきからなにを言ってるんだ。ルインがいないくらいで、そんな……」

「でも、僕達のパーティが連続で依頼をこなせていないのは事実だよ。このままじゃ不味いんじゃないかな、クレス」

グリネアの指摘は正しかった。勇者の称号を得た冒険者とそのパーティは、もちろん魔王討伐が最優先になるが、それに合わせてもう一つ担うものがある。

八代目の魔王が棲む城があるという北の果てへ向かう道中、魔族や魔物が居た場合、それを倒さなければならないのだ。

依頼は各国からギルドを通して出され、勇者パーティは立ち寄った街や村でそれを受ける。内容は全て、他の冒険者では手に負えないもの、つまりは勇者でなければ解決できないとされるような、難しいものばかりである。

無視することも出来るが、依頼を誰が解決したのかという結果は全てその者に勇者の称号を与えた国、つまりクレスの場合はリステリアの王へと届けられる。

もし依頼がありながら何もしていない勇者パーティが居れば、その資格無しとされ、称号が剥奪されることとなっていた。もちろん、依頼をこなすことが出来なくとも同じだ。

勇者と呼ばれる冒険者は一人ではない。それこそ、役に立たない者に余計な権力を与えることは出来ないという訳である。

「クレス……悪いことは言わん、考え直した方がいいんじゃないか。今からでもルインを探して、説得して、頼み込んで、またパーティに戻ってもらった方がいいと思うんだがな」

ヴァンの提案を聞いた瞬間、クレスは全身の血液が沸騰したかのように熱くなった。

「そ――そんなことが、出来るかッ!!」

ありえない。あのルインに頭を下げ、またパーティに入ってくださいなどと、誰が言えるだろうか。スキルもろくに使えない、自分より遥かに無能で、格下であるはずの奴に。

(……それに、ようやくルインからセレネを引き離せたんだ)

クレスはセレネを見つめた。時が経ち、美しく成長した幼馴染を。

(今更あいつと一緒に旅をするなんて、絶対に御免だ)

セレネは自分だけのものだ。誰にも渡さない。

クレスは拳を強く、血が滲むほどに握りしめた。

「……まだだ。まだ機会はある。次の依頼をこなすぞ、お前ら！」

自分に言い聞かせるように言って、クレスは街を目指して歩き始めた。


「……念のためにもう一度確認するが。ルイン、本当に良いのじゃな？」

サシャがやや不安げな色を滲ませた声で尋ねてくる。

だがルインは胸を張り、迷うことなく答えた。

「ああ。サシャこそ大丈夫か？　怪我するかもしれないぞ」

魔王城を出て、途中の小さな村で休憩をとった後。ルインはサシャと対峙していた。場所は街道から外れた草原だ。遠方に木々が生えているだけで周囲に遮蔽物は何もない。

道中で魔王使いのスキルの大体は把握できたが、より深く実戦で試したくなった為、彼女にその相手を頼んだのだ。

「フン。嘗めるなよ。そのような柔な体はしておらん。遠慮なく来るが良い」

「了解。なら、始めよう」

「良かろう。まあ、力はなるべく抑えるが――無事で済む保証はせんぞ！」

サシャが告げた直後、彼女の身が漆黒の炎を纏う。ルインもまた眼前に手を翳した。

「魔装覚醒！」

出現した黒焔が凝縮し、勢いよく弾け、一本の長剣を生み出す。

ルインがそれを握った直後、サシャが動き始めた。両手を引いて、真っ直ぐ突き出す。

主の意志に従い、闇の炎はルイン目掛けて、のたくる巨大な蛇の如く空を駆けた。

高速で向かってくる相手に対してルインは体勢を低くすると、地を蹴って走り出す。

炎が狙いを定めて牙を剥くのに対し、素早く横に転がって回避した。

だが、その瞬間、鋭角に曲がると、ルインを追跡してくる。

ルインは目を見張り、何度もかわそうとするがその度に動きを変え、炎は執拗に迫ってくる。軌道線上にある草がそれに合わせ、瞬時に塵と化していった。

「フハハハハハハハ！　どうした！　その程度かルイン！」

サシャが腕を振ると炎もそれに合わせて方向を変えた。彼女が動きを操っているらしい。

「わらわもただ阿呆のように破壊しているだけではないぞ！　魔王として相応しき優れた技にて、お主を追い詰めてくれる！」

「……やるじゃないか。だったら！」

ルインは剣を消すと、同時に再び炎を生んだ。

凝縮し、破裂した闇から――弓が生まれる。

全てが黒水晶で構成され、緻密な彫刻が彫られていた。そのまま貴族の屋敷に飾られていても違和感がない程、煌びやかで芸術的な逸品だ。

　手にとって力の限り弦を引く。何も無い空間に炎が走り、やがてそれは矢へと変わった。

　すかさず解き放つ。矢が標的を目指し虚空を走ると、サシャの目の前に突き立った。

　彼女はそれを見るや、素早く後方に退避する。直後――火焔が噴き上がった。

　矢の当たった場所が爆発し、広範囲に亘って紅蓮を膨らませる。

「矢で貫いた物を爆発させる魔装――先程試していた時にも見たが、改めて驚くべき威力じゃな」

　感心したように呟き、サシャは再び掌に炎を宿す。

「じゃが、このような単純な攻撃ではわらわを仕留めるなど到底不可能じゃ！」

　彼女が不敵に笑うのを見て、ルインは分かっている、と伝えるように頷いた。

　同時に、次々と高速で弓の弦を引き放っていく。

　連続してサシャの周囲に突き立った矢の炎が炸裂し、彼女の周囲に濛々と砂煙を噴き上げた。さながら土の壁の如くして、その視界を奪い去る。

「これは……なるほど、そういうことか」

　やがてサシャの炎は不自然な動きを見せると、間もなく消え去った。彼女の意志で操作する以上、目が見えなければ無効化されると踏んだのだが、当たっていたようだ。

その間にルインは接近し、再び長剣を呼び出すと大きく掲げた。

「だが――甘く見るなよ！」

が、その刹那、ルインは全身がぞわりとした感覚に襲われ、反射的に地を蹴って後退する。漆黒の炎が凄まじい勢いで周囲に展開し、一帯を瞬きする間も無く焼き尽くす。

さながら闇色の海が出現したかのような様相に、ルインは接近することが出来なくなった。

炎の勢力に押し流されて砂煙すら消え去り、中央に立つサシャが歯を見せて笑う。

「さて、今度はわらわが攻める番じゃな」

言って彼女は炎の海を消すと、高く跳び上がり、火球を出現させて次々と放ってきた。

当たれば即死と言わずとも大怪我は免れず、避けても破壊の余波でどうなるか分からない。ルインは剣を振るい、次々とそれらを砕いていった。

その度に得物の刃が伸び、同時に重さも増していく。

やがてサシャの攻撃が止んだところでその隙を狙い、ルインは動き出そうとした。

が――体が思うように言うことを聞かない。それどころが一歩踏み出すことすら困難になっていた。

「……剣のせいか⁉」

見ればルインの持つ得物は、刃が先程よりも遥かに長く伸び、横幅も肥大化している。

そのせいで重量も増し、足枷になっているのだ。

腕が悲鳴を上げ、骨が激しく軋む。自重によって己の周りにある地面すら陥没し、切っ先が深く土の下へとめり込んだ。

「かかったな。それでは満足に動くことすら敵わぬ！」

着地すると腕を組み、勝ち誇ったように宣言するサシャ。

（魔装の効果を消すには一定時間の経過を待つか、武器を収めるしかない。だが、その上で改めて新しく生み出そうとしても、隙をついて炎を繰り出されれば終わりってことか）

ルインはサシャの作戦を読み取りつつ、感心して言った。

「驚いた。結構、頭が良いんだな」

途端、彼女はその場ですっ転びかける。

「お、お主！　馬鹿にするのも大概にせえ！　わらわは魔王ぞ!?」

「悪い、悪い。――でも、君もオレのことを侮り過ぎだ」

ルインは言って、両足を広げると、手に最大の力を込めた。

地に足を踏ん張って、全身の膂力を振り絞る。――そして。

「おおおおおおおおおおっ！」

　ルインは、高々と大剣を振りあげると、そのまま肩に担いだ。

「なっ……！　それだけの武器を、お主……!?」

　驚愕するサシャを前に――ルインは、全身を押し潰されそうな得物を手にし、それでも全力で走り出す。サシャの下へと辿り着くと、大剣を高々と掲げ、無造作に振り下ろした。

　彼女は慌てたように横手に逃れ、距離をとる。

　長大な刃は地面に叩きつけられ、轟音と共に大量の土砂を舞い上げた。

「なんという常識外れな行動じゃ……」

　サシャが息をついている間にルインは剣を消し、弓矢を呼び出すと弦を引き、立て続けに矢を放つ。呆気に取られていた彼女だったが、即座に反応し炎を展開させた。

　彼女の生み出す漆黒の障壁に阻まれ、全ての矢は消滅する。

「無駄じゃ。この程度の威力ではわらわに通じん！」

　ルインは矢をつがえ、再度、射出した。

　更に間髪入れず二射目、少し遅れて三射目を仕掛ける。

「同じことよ。死の魔王サシャを嘗めるな――」

　言いかけたサシャは口を閉じ、瞠目した。後発的に放ったルインの二本目の矢が一本目に、更には三本目の矢が二本目の後ろへと、ぴったり同じ位置についたのだ。

丁度、サシャの目の前で三本が連結する形となったそれは――。

地面に突き立つと、これまでとは比べ物にならない程の、極大的な爆破を実現した。

鼓膜をつんざくような炸裂音。地割れが起こり、世界を揺るがす程の震えが起こる。

発生した黒煙は、蒼天を覆い隠すほどに広く立ち込めた。

その間にルインは、ある行動を起こす。

「……く……」

やがて風が吹き、黒煙が取り払われた時。そこには厳然として立つサシャの姿があった。

「くはははははははは！　やるではないか。さしものわらわも予想だにせぬ芸当よ。まさか、戦いの最中に矢を瞬間的に連結させ、魔装の威力を増大させるとは。驚嘆すべき技術の冴えよ」

「ああ。矢の角度を調整するのが難しかったけど、何とかなったよ」

「こともなげに言ってくれるわ！　常人に出来ることではない。……じゃが、わらわを制すのにはまだ少しばかり足りなかったようじゃな」

サシャが両手を振りあげ、炎を顕現させる。

既に勝ち誇った様子の彼女に対し、ルインは言った。

「いいや。魔王を倒すのに正面から挑むなんて真似はしないよ。君がさっきの攻撃を防ぎきるのは、予測済みだ」

「なに……？」

瞬間。――サシャの背後で、強烈な爆撃が巻き起こった。

「――っ⁉　がはっ――――！」

虚を衝かれたのか爆発をまともに受けたサシャは、苦鳴を上げて吹き飛ぶ。

そのまま落下を始めた彼女だったが、反応は早かった。

歯を食い縛り、体勢を整えると、真下に炎を放つ。破壊の副作用によって起こる衝撃波に乗って一旦上がり、そのままゆっくりと降りて、着地した。

（さすがだな。あれだけの威力を以てしてもさほどの傷もついていない）

あらかじめ魔族の体の頑強さを見越しての攻撃だったが、サシャのそれはルインの予想を遥かに上回っていたらしい。

「ぬう……まさかお主、先の攻撃の間、別の手を繰り出しておったのか⁉」

だがサシャが味わった驚きは相当なものであったようで、信じ難い表情を見せる彼女に対して、ルインは首肯する。

「そう。最初の爆発が起こっている隙にな。上空に矢を連続で放って、丁度、サシャの後ろの地面に落ちるところで連結するようにしておいた。さすがに威力を抑える為、二本に止めておいたけど」

「あ、あの短期間で二度もそのようなことをやってのけるとは」

瞠目したままで、サシャはルインを見つめ続けた。

「お主という奴は、本当に……」

しばらくそのまま、呆然とした表情を見せていた彼女だったが——。

「……ふ……」

やがて突然に吹き出したかと思えば、盛大に破顔した。

「ははははははははははは！　やるではないか。ここまで埒外だとは思わんかったぞ！」

「……そうか？　ハイレア・ジョブになって、ジョブの時より更に身体能力や動体視力が強化されているってのもあるとは思うから、訓練すれば誰でもこれくらいのことは出来るようになるとは思うけど」

「出来るか！　あの大剣を容易く振り回したことと言い、お主、どんな訓練をしてきたのじゃ!?」

「えーと。自分の身長以上もある岩に剣を突き立てて、そのまま思い通りに振り回せるまで頑張ったり、とか。慣れるに従って大きさは変えていったけど。後は動きながら指先くらい小さな穴に矢を連続で通せるようにしたり、最上級指定の魔物を弱らせる為に三日三晩戦い続けたりとか……他はなんだったっけな」

「……もう良いわ。十分じゃ。よくやり抜いたなそれだけのことを」

感心半分、呆れ半分といった顔で言うサシャに、ルインは「そんな凄いことかな……」と頭を掻く。自分としては、パーティの役に立ちたい一心でやっていたことであった為、自分が世間的に見てどれほどのことをしているかなど考えたこともなかったのだ。

「しかし……良い。実に良いぞ、ルイン」

サシャは埃を払いながら立ち上がった。

「わらわは他に流されず己で考えたことにのみ従う者や、強さを求め、なりふり構わず努力し続ける者が何よりも好きじゃ。お主はその両方を兼ね備えておる。気に入ったぞ！」

「そ、そうか。えっと……ありがとう」

「礼はよい。お主こそ我が野望を叶える為に必要な相手じゃ。これから他の魔王がお主についてくるやもしれぬが、最初に契約したのはわらわじゃ。それは忘れるなよ？」

「ああ、もちろん。サシャはオレに新しい夢を与えてくれたヒトだ。特別だよ」

ルインが笑って言うと、サシャは少し、頬を赤くした。

「そ、そうか、特別か。まあ、言われて悪い気はせぬな」

噛み締めるようにして頷く彼女を和やかな気持ちで見つめた後、ルインは言った。

「……それにしても、さすがは魔王使いの技で生み出した武器だな。前衛の剣に、後衛の弓。どちらも凄い威力をもってるな」

「そういえば先程は中衛用の武器——あの『槍』は使わんかったの」

「ああ。剣は基本で扱うとして、ひとまずは弓を中心にやりたかったんだ。そっちの方は道中、機会を見て練習してみるよ。また付き合ってもらえると有難い」

「ふむ。それは構わぬが……お主の魔王使いとしてのスキルは、わらわが知っておるものとは違うな」

　サシャが興味深そうに言う。

「かつてはあくまでも魔王の権能や身体能力を増幅させるものばかりじゃった。基本、魔王使いは後ろで配下が戦うのを見ているだけだったぞ」

「ふうん。……そういえば、託宣がオレの特性に合わせてスキルを変換する、みたいなことを言ってたな。魔王使いの戦いにおける考えによって、変化するのかもしれない」

　ルインはクレスのパーティに居た頃、様々な武器を扱い、前に立って行動することを主としてきた。それが反映されたのかもしれない。

「なるほど。そういうことか。しかし……まあ、確かに武器自体も凄いのじゃが。わらわからすれば、お主の技の方がいささか人間離れしているように思えるぞ。その腕を以てして勇者のパーティを追い出されたというのは、どうにも信じられん」

サシャが不思議そうに首をひねった。

ここに来る道中、ルインの過去については彼女に話していた。

「ああ……まあな。説明したけど、オレは魔物を一匹もテイム出来なくて」

「しかし、だとしても、十分に過ぎる人材だとは思うのじゃが……。ぬう。そうか。あれじゃな。そのお主を追放したクレスとやらは、とんでもない間抜けなんじゃな！」

確信めいた口調で、サシャは断言した。

「真に見る目のある奴であればお主のような才能の持ち主を、決して手放しはしないじゃろう！　そう、わらわのようにな！」

「……えーと。褒められてるってことでいいのか？」

「無論じゃ！　わらわに出会えて良かったのう、ルインよ。誇りに思うが良いぞ！」

高笑いを上げるサシャを、ルインは戸惑いながら見つめる。

先程『気に入った』と言われた時もそうだったが、今まで冒険者として働いてきて、ここまで認められたのは初めてだったからだ。

「……その。嬉しいよ」

なんだか胸が温かくなって、ルインはつい口元を緩めた。

「え、い、いや、そう素直に来られるとわらわも、こう、むず痒くなってくるのじゃが」

が、サシャが何故か頬を赤らめて慌て出したので、きょとんとする。

「と、とにかく！　ルインも魔王使いの力を実感したことじゃし、わらわとの戦いはこれにて終了とする！　良いか⁉」

「ん、ああ、別にいいけど」

勝敗がついたわけではないが、元々、力を試す為にやっていたことだ。成果としては十分だろう。

「ならば良い。そろそろ旅に出るぞ！」

何か誤魔化すように大きな声を出して歩き始めるサシャに、ルインはやや当惑しつつも続いた。そのままルイン達は、整備された街道を歩いていたのだが――。

「……あ。ところで。他の六人の魔王がどこにいるか、知ってるのか？」

ふと重要なことに気付いて、ルインは尋ねた。するとサシャは、自信満々に言い放つ。

「知らん!!!」

「ちょっと⁉」

他の魔王を仲間にしろと提案したからには居場所を把握しているのかと思っていたルインは、当てが外れて愕然となった。

「いや、知るわけなかろう。わらわは最古の魔王ぞ。自分が封印(ふういん)された後のことなど把握しておらんわ」

「そ、それはそうかもしれないが……じゃあ、どうして他の魔王をテイムしろなんて」

「わらわは方法を提示しただけじゃ。それを実現するのはお主の役目。大体、そういうのは人間の方が詳(くわ)しかろう」

「いやオレだって別に知らないよ。七人目の魔王が封印されたのだって、百年くらい前のことだし……リステリア王城の書庫にだったらそういう資料が残されてるとは思うけど」

「ならそのオウジョーへ行くぞ。そこで調べればいい」

「無理だ。オレなんかが入れるわけがない。平民なんだから」

王城など、それこそ王族や城勤めの貴族でもない限り入城を許されないだろう。

「安心せよ。わらわは魔王じゃ」

「魔族のな。人間のじゃないから」

「ぬうう。ならオウジョーを襲撃(しゅうげき)し侵入(しんにゅう)して奪いとれば」

「却下(きゃっか)！　もっと平和的にいこう！」

即座に否定するとサシャはため息をついた。

「分かった、分かった。主の命には従おう。ならば、大体の場所を目指していくが良い」

「ん？　大体の場所は分かるのか？」

「うむ。世界のあちこちにわらわと同程度……わらわには敵わぬがまあ、そこそこ良い感じの魔力を持っている者の反応がある。恐らくは魔王が封印されているところじゃろう。そこに行けばいい」

それで城を出発する前自分以外にも魔王が居ると言っていたのかと、ルインは納得した。

「って、いや、そういうのが分かるなら早く言ってくれよ」

「大雑把な場所しか分からんのじゃ。だとすれば確実性のある方がよかろう」

「それはそうだけど……まあ、いいか。じゃあ、それに従おう。ここから一番近いのは？」

サシャは指を立てて「こっちじゃな」と北東を差した。

ルインは頷いて街道を更に進み、右に折れると、そのまま目的地を目指す。

半日ほど進み、太陽が中天からやや傾きかけた頃。サシャが唐突に言った。

「腹が減った」

「え!?　さっき立ち寄った村の酒場で食べたよな？」

「あんなもので足りるか！　もっと食べたい！　なにか食わせ!!　ほら、折よくあそこに街があるぞ！」

サシャが指差す方には、確かにルインの暮らしていたオーレンよりも大きな街がある。

「ううん。立ち寄るのはいいけど、何も食べられないと思うぞ」

「なぜじゃ⁉　わらわを配下にした以上、お主にはわらわを養う義務があるぞ！　それを放棄するのか！　虐待じゃ！」

「人聞きが悪いこと言うなよ。お金がほとんどないんだよ」

「金？　なぜないのじゃ。お主、あれか、貧乏というやつか。貧しいのか。貧相なのか。悲惨なのか。枯渇した人生か」

「流れるように悪口を言うなよ。正確にはあったんだよ」

「ならそれを使えば良い！」

「使ったんだよ！　ここへ来るまでに寄った村で！　君に食事させる為に！　全部！」

おかげでルインの財布はほぼ空だ。解放された直後で空腹だと言うから酒場で食べさせてあげたら、サシャはまさかの全メニューを制覇して更にはその全てをお代わりした。

「な、なにぃ⁉……お主、貧乏じゃったのか」

「そこそこはもってたわ！　でも君の食欲がそれを凌駕したんだよ！　あっさりと！」

「そう褒めるな」

「全然褒めてない。だからお金はない」

「えええええええええええ。でも腹が減ったぞ」

「我慢してくれ」

「出来ぬ」

「してくれ」

「出来ぬうううううううううううううううううううう！」

突然、サシャは道端に転がるとじたばた暴れ始めた。

「お腹がああああああああああ！　減ったのじゃああああああああああああ！」

通りかかる旅人や冒険者が何事かとルイン達の方を見て来た。非常に恥ずかしい。

「ちょ、ちょっと！　わ、分かった！　分かったから！　やめてくれ！」

「うむ、やめる」

あっさりと止まるとサシャは立ち上がった。

「まったく……でもお金がないのは本当だから。その前に一働きしてもらうぞ」

ルインは足の向かう先を街へと変えながら言った。

「――ギルドで依頼を受けよう」


ウルグというその街に、なけなしのお金を通行料として払って入ると、ルインはある場所を目指した。人に訊きながら辿り着いたのは、一軒の建物である。周りの店よりも一回りほど大きなそこには、屋根から下がった看板に剣と杖の絵が描いてあった。

「なんじゃここは。飯屋か」

「頭の中が食欲に支配され過ぎてるな。ここは冒険者ギルドだよ」

ルインは建物の扉に手をかけながら説明する。

「冒険者っていうのは、大体の場合、依頼のあった魔物とかを倒して代わりにお金を貰う人達のこと。冒険者ギルドっていうのは、その人達の為にある組織だ。方々から来る依頼を一手に引き受けて仲介して、その難易度に合わせて冒険者に渡してるんだ。本部は大国ガーランドの王都にあるけど、それなりに大きな街なら、その支部が一つはある」

「うむ。知っておる。冒険者ならわらわの時代にもおったからな。金の為に魔物だけでなく、魔族すらも痛めつける輩じゃろう。わらわの部下も誤解を受けて殺されそうになったこともある。女神めがジョブなどという余計なものを与えてくれたせいでな」

「それに関しては、サシャの部下はともかく他の魔族で人間を襲ってた奴もいたから、どっちが悪いってことでもないんだと思う。嫌な話だけどな」

襲われるから襲う。襲うから襲われる。卵が先か鶏が先か。悲しい連鎖である。

建物の中に入ると、かなりの人で賑わっていた。軽い、重いはあるが、皆が冒険者であることを示すように武装している。

ルインが案内表を読んで受付に行くと、女性職員が笑顔で出迎えてくれる。

「ようこそ冒険者ギルドへ。依頼の確認ですか？」

「はい。お願いします」

ルインは首から下げたペンダントをカウンターに置いた。先端には銅色をした菱形の板が下がっていて、看板にもあったギルドを示す剣と杖の紋章が彫られている。

「確認しました。Bランク冒険者ですね。……後ろの方も冒険者でしょうか？」

女性職員がちらりと後ろに居るサシャを見るが、ルインは首を横に振る。

「いいえ、オレだけです。確か資格を持っている冒険者が一人居れば、協力者を伴って依頼を果たすことは可能ですよね？」

「ええ、問題ありません。では依頼の方を――」

「金が欲しい！　一番儲けられるやつを寄越すが良い！」

ルインより先に、サシャがカウンターに手をついた。

女性職員はあまりの勢いに身を引いたが、そこは本職というべきかすぐに口元を緩める。

「高額の依頼ですね。承りました。ですがBランクですとそれに該当するものしかご紹介出来ませんので、一番と申しますとSランクになりますから、残念ながら……」

「なんじゃと⁉　わらわ達に大金は渡せんということか⁉」

「いえ、そういうわけではなく、危険性の問題です。当ギルドと致（いた）しましても、力に見合わぬ依頼を受けさせるわけには参りませんので」

「案ずるな！　わらわ達はえーだのえすだの、そんな人間如（ごと）きの決めた規格の枠（わく）には収まらぬ！　どのような依頼でも容易に解決してみせるから寄越すが良い！」

「そういうわけには参りません。規則ですので」

「ええい。融通（ゆうずう）の利（き）かぬ女じゃな。わらわを誰だと思っておる。かの死のまお——むぐっ」

ルインは急いでサシャの口を塞（ふさ）ぐと、無理矢理（むりやり）に笑（え）みを作って言った。

「いえ、資格に見合った依頼で構いません。何か下さい」

「……左様ですか。それではＢランク相当の……あ、お待ち下さい。高額のご依頼を、ということであれば一つご提案があります。この街から少し離れた場所に危険級指定の魔物ストーム・ドラゴンが出没（しゅつぼつ）しておりまして。現在、Ｂランク以上の冒険者の方に総力戦をお願いしております」

「危険級魔物ですか。それはまた物騒（ぶっそう）ですね」

魔物の中では最も凶悪（きょうあく）とされており、場合によっては国が動く必要性すらある種だ。

「でも、危険級は勇者の称号を持つ冒険者パーティが当たるのが通例では？」

「ええ、本来であればそうです。ただ、最初に依頼を受けた勇者パーティが撤退（てったい）を致しまして……現在、他の勇者に招集をかけているのですが、間に合っていない状況です。その為、緊急的にBランクの冒険者であっても依頼を受けることを可能としました」

なるほど、とルインは頷いた。勇者には危険級の魔物だけでなく魔族の討伐の要請もいく。恐らくは他のことで手一杯になっていて、緊急的に穴の空いたこちらまで対応できないのだろう。

「わたくし共も予想外の結果に困窮しておりまして……。なにせ勇者クレスの率いるパーティと言えば、あらゆる魔物や魔族を倒してきた伝説の方達ですから。まさか彼らが敗退するとは」

「……クレス？　クレス＝ヴェリトアが依頼を受けたんですか？」

思ってもみない名前を聞かされてルインが訊くと、職員は眉間に皺を寄せたまま頷いた。

「ええ。確かに最近はどの依頼も解決できていないとのことでしたが、それまでの功績から、なにか事情があってのことだと思い、こちらとしても今回の件をお願いしたのですが」

「クレスと言えばルイン、お主を追い出した男じゃったな」

ルインはサシャの言葉に首肯した。

「……分かりました。その依頼、お受けします」

しばらくしてから告げると、職員は「助かります」と嬉しそうに答えた。

「ではこの書類に記入を。……ええ。大丈夫です。今は一人でも戦力が欲しいところですので助かります」

事務作業を終えたルイン達は、職員に見送られながら、ギルドを出る。

「まさか……オレがクレスの失敗した依頼を受けるなんてな」

ルインは感慨深く呟いた。妙に運命めいたものを感じてしまう。

「そのクレスという男、依頼が失敗続きだそうじゃが。お主が抜けたせいではないか？」

「う、ううん。どうだろうな。オレは所詮、補助止まりだったから」

「……ふうむ？　先の戦いのときにも言ったが、わらわにはお主がその程度で収まる人間であるとは思えぬのだが」

釈然としない顔をしているサシャに、ルインは言った。

「まあ、そのことはいいよ。それより総力戦ってことで報酬は減るだろうけど、本来なら勇者パーティが請け負うべき依頼だ。得られるお金は安くないと思う」

「ほう！　それは素晴らしい。で、わらわが飯を食えるのはいつになるのじゃ!?」

「……現場はここから結構かかるところだから、もうしばらくは耐えてもらうしかないな」

「ええ!?　嫌じゃ！」

「嫌じゃと言われても。我慢してくれ」

ルインが諭すものの、サシャは「嫌じゃああああああ！」とまた暴れ出した。とは言えどうすることも出来ずしばらく観察していると、やがて彼女はぴたりと動きを止める。

「……やめじゃ。こんなことをしても余計に腹が減るだけじゃ」

「理解してもらえて何より。少しでもお金を溜める為に早く依頼をこなそう」

立ち上がったサシャを連れてルインは早速、現場へ向かうことにした。

「それにしても。ちょっと気になってたんだけど。サシャって魔族なのに人間と見た目が変わらないよな。だからさっきの職員の人もそうだけど、誰にもそうだって気付かれない」

街を歩きながら、ルインはふと思い出して言った。

「…………。魔族の証なら、一応、ある」

なぜかたっぷりと間を取ってサシャが答えた。

「ん？　でも見かけないけど」

魔族の特徴として挙げられるのは、人間のような外見をもつ一方、角や翼、尻尾が生えている者が多いということだ。他には二足歩行の獣みたいな者がいたりするらしいが――いずれにしろ、サシャには該当していない。

「あるわ！　こちらに来い！」

サシャは何かを思い切ったようにルインの手を引いて、人気のない場所まで連れて行った。

「よいか、よく見てみよ！」

サシャは髪をくしゃくしゃと掻き乱して、頭頂部分を見せた。

そこには見逃しそうなほど小さなものではあるが——確かに尖った角が在る。

「あ、本当だ。なんか可愛いな」

「かわっ……こら!!!」

ルインとしては褒めたつもりだったのだが、急に顔を真っ赤にしてサシャが怒ってきた。

「か、か、可愛くなんぞない！　わらわは死の魔王ぞ！　まったく！　魔族として、人間と変わらんと思われるのも癪じゃから見せたが、二度と同じことはせん！」

立腹しながら髪を元に戻すサシャに、ルインは首を傾げる。

「もしかして……角が小さいの気にしてるのか？」

「ん、んな——んなわけはなかろう！　わらわは魔王ぞ！　魔王は威厳と迫力と圧倒的なまでの恐怖と後あの、なんか痺れるような感じの凄いものをもっているのだ！　そんな魔王が角が小さい程度を気にするか！」

言葉とは裏腹に、サシャの肌は露出した部分を含めて全て赤く染まっている。

「あー……そう。うん。そうだな。ごめん。悪かった」

図星だったのだなと思ったが、ルインはあえて指摘せずに謝るのだった。

その後、街を出て進むこと——約半日。ギルドから現場だと指摘された場所に近付くにつれ、ルインの耳が大きな音を捉え始めた。

なにか激しい戦闘が行われているようだと、サシャと共に走って辿り着いた場所で——ルインは、目を見開く。

「……魔物か？」

たとえるならば、空を自在に駆ける巨大なトカゲだ。ワイバーンに似ているが、その大きさはけた違いである。

背中から生えた皮膜のついた両翼を、天を覆い隠さんばかりに広げていた。

だが巨体に似合わず飛行する速度は恐るべきもので、動き出したと思った直後、大幅な距離を一瞬で移動している。その際に生じる衝撃波が辺り一帯を嘗め、頑強な岩や巨木でさえ容易に吹き飛ばしていた。

「あれが……ストーム・ドラゴンか！」

かつて噂で聞いたことがあった。

高速で飛行し、移動上に存在するあらゆるものを薙ぎ倒す魔物がいると。

彼の者が通った後には何も残らず、まるで嵐にでも遭ったかのような有様に化すという。

ストーム・ドラゴンには、十数人の冒険者達が戦いを挑んでいた。

いずれもルインが見たことのある、有名な顔ばかりだ。

「【紅鉄の鎧】のトーマが率いるパーティに、【金槍】のレイン……それに【風鳴りの妖精】ルーミもいるな」

「なんじゃやそれは?」

「AランクやSランクの、多くの功績を生んだ冒険者につけられる二つ名だよ。オレが元いたところのパーティを率いていたクレスにもついてた。【聖刃の剣】っていうやつが」

それ以外の者達も、Sランクには届かぬとしても、皆、界隈において相当な実力で知られている者達だった。

「おおおおおおおおお!」

異名通り紅の鎧で固めた男、トーマを先頭に数人が、【戦士】のスキルによって目の前に巨大な障壁を生み出し、構える。パーティの最前衛に居た彼らは、凄まじい音を立てながらドラゴンの直撃を正面から受けた。

ストーム・ドラゴンが咆哮し、強引な突破を図る。だが、さすがはAランクの冒険者を筆頭としたスキルの重ねがけというべきか、危険級指定魔物を相手に、見事なまでに耐えきっていた。

「精霊よ、我が捧げにその大いなる力を貸し与えたまえ。【雄々しく立ち貫く土の剣】！」

その間に金色の髪を持つ冒険者の少女レインが地面に杖を突き立てると、途端に彼女の前方にある土が天高くそそり立った。【精霊使い】の扱う精霊術だ。

レインに続いてその場に居た数人が同じ術を行使した。

彼女程ではないにしても次々と形を成す土塊は言葉通り剣のように鋭く尖って伸びて、ストーム・ドラゴンの体を連続で突き刺していく。

絶叫。体をもだえさせ、相手が身を翻して下がった。

そこですかさずルーミを中心とした【弓士】達が次々と矢を放っていく。

矢は虚空で【弓士】のスキルによって増加し、数十本という群れを作った。

ストーム・ドラゴンは猛速度で移動しそれらをかわしていくが――数が多く全てを回避することは出来ない。

スキルの効果によって疾風を纏わせていた矢の何本かは、驚異的な殺傷能力を以て、ストーム・ドラゴンを射止めていった。巨体から噴き上がる血飛沫が、蒼穹を赤く染める。

「これは……オレの出番はなかったかな」

思わずルインはそう呟いたが――直後に状況は変化する。

数々のスキルによる攻撃を受けて尚、ストーム・ドラゴンは少しも怯んだ様子はなかった。それどころか戦闘意欲を刺激されたかのように大きく羽ばたき、空中で旋回すると、そのまま先程以上の勢いと速度で突撃を開始する。

トーマ達は背後の冒険者達を守るべく再び巨大な障壁を展開した。

鼓膜をつんざくような音と共に衝突。激しく拮抗し始める。

しかし——。

「ぐ……く……くそおおおおおおおおおおおおおお！」

甲高い音と共に、障壁が粉々になって弾け飛んだ。相手の攻撃に耐えきれず限界を迎えたのだ。戦士たちが吹き飛び、ストーム・ドラゴンはそのまま更に突進した。精霊使いや弓士達が悲鳴を上げて逃げ惑うが、衝撃波に巻かれて地面を転がる。

ストーム・ドラゴンは冒険者達の頭上を通り過ぎると、方向を転換し、上空へ。

尚も彼らに敵意を向けながら、滞空し始めた。

「なんて頑丈さだ……あんな奴、どうやって倒せばいいんだ!?」

「ああ、もう！　大体、勇者パーティでも無理だったのをわたし達に討伐できるわけないでしょ！」

レインとトーマが言い合うのに、ルーミが参加する。

「ですがこいつを放置しておくと、いずれ街を襲うかもしれません！」

「ただこれじゃ、別の勇者が来るまでの足止め以前の問題だ！」

言い争う冒険者達の顔は、いずれも焦燥に支配されていた。

その間にも、ストーム・ドラゴンは戦闘姿勢に入る。

高々と咆哮し、冒険者達に狙いを定めた。

「来るぞ！　おい、もう一度！　もう一度、スキルを使うぞ、お前達！」

必死で呼びかけるトーマの声にも、前衛担当である他の男達は答えない。先ほど受けた攻撃で全員が倒れたままだ。

ストーム・ドラゴンが今一度、翼を鳴らし――そのまま彼ら目指して突っ込んでくる。

「畜生！　いくらなんでも、おれ一人じゃ……ダメだッ！」

冒険者達が頭を抱え、悲愴な声を上げた瞬間だった。

「いやあああああああああああああ！」

ストーム・ドラゴンは何かを感知したかのように、動きを止めて真上へと逃れた。

間もなくさっきまで居た場所で、漆黒の炎が膨れ上がる。

「……チッ。勘の良い奴じゃ」

サシャが手を翳したまま、面白くなさそうに呟いた。彼女はそのまま炎を連発するが、いずれもストーム・ドラゴンの素早い動きについていけず、虚しく空で散る。

「ああ！　ちょこまかと鬱陶しい奴じゃ！　――そうじゃ！　いっそのこと、ここら一帯を焼け野原にする勢いで炎を展開すれば！」

苛立ち混じりに地団駄を踏んでいたサシャが、名案とばかりに両手を掲げ、先程とは比べ物にならぬほどの勢いを持つ炎を迸らせる。

「こら、待てって！」

そんなものを放たれてはとんでもないことになってしまうと、ルインは急いで止めた。

「ええい！　聞かぬぞルイン！　わらわを弄ぶような真似をしたあの魔物に思い知らせてやるのじゃ！　行け――――ッ！」

「サシャ！　伏せて動くな！」

「おふんっ！」

ルインが命じると、サシャは誰かに殴られたように地面に倒れた。

「無茶はやめて、少しあいつのことを牽制しておいてくれ。オレがなんとかするから！」

「う、うぬぬ。わ、分かった。分かったからわらわを自由にせよ。まったく面倒な力じゃ」

ルインが「動いて良し」と告げると、サシャは渋々と言った感じに立ち上がった。

続いて炎を放ち、ストーム・ドラゴンに攻撃する隙を与えないようにする。

しばらくの間その光景を呆然と見上げていたトーマが、我に返ったように振り返った。

「な、なんだお前達は⁉　勇者パーティか⁉」

「ああ、いや、Bランク冒険者でルインと申します。こっちは仲間のサシャ」

「悠長に自己紹介している場合か！　勇者でないなら下がっていろ！　死ぬぞ⁉」

トーマが脅しつけるように言ってくるが、ルインは首を横に振る。

「いえ、ここはオレが引き受けます。見ていて下さい。魔装――覚醒！」

呼びかけに魔王使いの力が応え、ルインの眼前に闇深き黒き炎を燃やした。

それは凝縮し、すぐに弾け――一つの武器を造り出す。黒水晶で形作られた、弓だった。

【爆壊の弓：この弓が生み出す矢は、射貫いた物を爆破する。矢は自動的に十本まで生成可能。尽きれば一定時間を置き、再び同様の効果を発動する】

託宣による効果の説明を見て、ルインは頷いた。

（よし……少し前に試したこれなら、なんとか出来そうだ）

素早く作戦を立てて、弓をとる。

「待って下さい……なんだか知りませんが、弓だけでどうにかなる相手じゃないって、さっき分かったでしょう⁉」

ルーミが非難するように告げた。が、

「大丈夫。見ていれば分かるよ」

ルインは気にせず、弓を上空に向け、弦を引いた。燃えるような音と共に何も無い空間から矢が現れる。それをつがえ、ストーム・ドラゴンに照準を合わせた。

「サシャ！　もういいぞ。君は必要な時まで待機しておいてくれ」

「よかろう。期待に応えてみせるが良い！」

どちらが主なんだか、とルインが思うような答えを返して、サシャは下がる。

ルインは走り出しながら、ストーム・ドラゴンに向けて矢を放った。

一本目が大気を貫き真っ直ぐと向かう。

だが相手は翻ると、あっさりそれを避けた。直後に爆発が起こり、虚空を紅蓮に染める。

「ほら見ろ！　妙なスキルではあるが――やはりあれだけの速度を持つあいつを、たった一人だけで射止められるわけがないんだ！」

断言するトーマには何も返さず、ルインは無言で二射目を打った。

ストーム・ドラゴンは更にそれも悠々とかわす――。

はずが、強烈な爆撃をまともに喰らって、苦鳴を上げた。

「な、なんだと!?」

トーマが愕然となる。

ストーム・ドラゴンは二射目を受けたのではない。回避した先では既にしてルインの仕掛けた三射目が炸裂していたのだ。相手は更に移動するが、そこでも胴体を爆破される。

四射、五射、六射、七射、八射、九射――。

逃げようとする度に、ストーム・ドラゴンは次々と矢の洗礼を浴びる。

まるで天に華が咲いたかのように、蒼穹に赤い炎が次々と弾けていった。

「ど、どういうことだ。爆発する効果もそうだが、なぜたった一人である彼が放った矢が、ああも容易く当たる……!?」

見当もつかないようなトーマに、ルーミが呟く。

「違います……。あの子は敵を狙って当ててるんじゃありません」

信じ難い表情でルインの方を見ながら、彼女は声を張り上げた。

「相手が移動する先を予測して、あらかじめ先に矢を射ってる、そうでしょう!?」

その指摘に、ルインは次手を用意しながら答えた。

「ええ。まあ、そういうことです」

即座に十射目。ストーム・ドラゴンは更に爆撃の牙を立てられ、甲高い鳴き声を上げた。

「信じられない技術だわ……あの人、何者なの!?」

精霊使いのレインが、誰にともなく問いかける。

「とくと知れ。こやつの名はルイン＝シトリー。勇者をも超える逸材よ！」

サシャが心底から楽しそうに叫ぶと、冒険者達は顔を見合わせた。

「だ、だが、さっきから攻撃は当てられているが、あんまり応えてないみたいだぞ」

「そういえばそうだ。このままじゃ倒せない！」

他の冒険者達の言う通り、ストーム・ドラゴンは未だ健在だった。

相手が翼を幾度もはためかせ、空中からルインを真っ直ぐ見下ろしてくる。何度も攻撃を受け、弓を放っている人間を、完全に敵と認定したようだった。

「おい、逃げろ！　お前を狙ってくるぞ！」

トーマが言う通り、ストーム・ドラゴンは多大な怒りを示すようにもう一度吼えると——

——一直線に、ルインへと突っ込んでくる。

「……問題ありません。これを待っていたんだ」

が、ルインはあくまでも冷静に告げた。

『一定時間経過。矢の補填を完了しました』

託宣の情報を受けてルインは弓を引き、矢を用意する。

「人間が自らの動きを捕捉できないという驕り。怒りに支配されたせいで失った冷静さ」

呟きながら、つがえた矢を。

「——それが君の敗因だ」

眼前に迫るストーム・ドラゴンを恐れることもなく、勢いよく放つ。

――貫いた。次いで、爆発炎上する。

「アァァァァァァァァァ！」

筆舌に尽くし難い声を上げ、ストーム・ドラゴンが身を悶えさせた。その右目からは、炎と黒煙が上がっている。

即座に二射目を打つと左目にも爆撃が生じ、相手の視界は完全に奪われた。

「サシャ！　今だ！」

指示を飛ばしたルインに対し、サシャは両手を前に突き出す。

「フハハハハハ！　なるほど！　面白い手を考える男だ！　それこそわらわの主に相応しい！――滅するが良い、不敬者が！」

全身から噴き上がった漆黒の炎がサシャの腕を伝い、掌から飛ぶ。

それはストーム・ドラゴンの全身を一気に包み込むと、世界を震撼させるような音と共に、広範囲に弾け飛んだ。晴れ渡った空から、ほんの小さな肉片だけが落ちて来る。

ストーム・ドラゴンの尾の先だった。

あれだけの巨体が、瞬きをする間もなくほとんどが木端微塵になっていた。

「……なんてことだ。二人だけでストーム・ドラゴンを倒すなんて」

トーマが呆然と告げると、他の冒険者達は黙り込む。

「致命傷にならぬことを承知で攻撃を続け、相手の怒りを誘発し、わざと自分を狙わせた。そうじゃろう、ルイン」

サシャの指摘に、ルインは頷いた。

「最初にサシャの炎を察知したことで、周囲の動きに敏感なんだろうと思ってな。でも人間もそうだけど、大体の生き物は怒ると周りが見えなくなる。だから、そうなればオレの目論見も成功すると思ったんだ」

「理屈は分かるが、あれだけの速度を持つ魔物の小さな目をたった一発で射貫くとは、やはり大した腕だな、お主は」

「ありがとう。でも、サシャ、君の権能も凄い効果だったな。最初に出会った時より威力が上がってないか？」

ルインが首を傾げると、サシャは「む？」と自身の手を見下ろす。

「言われてみれば確かに……封印から解放された直後より魔力が戻っておるな。もしかすればルイン、これも魔王使いの力なのかもしれぬ。女神の封印によってもたらされる魔王の力の抑制を、時間と共に弱めるのじゃろう」

「なるほど。理屈で考えれば、テイムした魔王が全力を出してくれなきゃ困るもんな」

「うむ。とすればわらわもいずれは全ての力を取り戻すということか。これは先が楽しみになってきたわ」

　にやにやとしているサシャを他所に、ルインはふと視線を逸(そ)らした。

「と……他の冒険者達は大丈夫かな」

　倒れたままの戦士達に近付き、様子を確かめる。どうやら衝撃(しょうげき)を受けて地面に体をぶつけたせいで、気絶しているだけのようだ。

「……その。なんだ。助かったよ」

　やがて背後から声がして、ルインは立ち上がると、振り返る。そこにはトーマ達が居た。

「いや、とんでもない。オレも依頼を受けて来ただけだから」

「そ、そうなのね。それにしても、すごかったわ。あなた、本当にBランク冒険者なの？」

「ええ。まるでSランク——いいえ、勇者といっても差し支(つか)えないほどです」

　レインやルーミは、揃(そろ)って感動したように頷く。

「さっきは色々と言って悪い。正直、もうダメだと思ってたんだ。君のおかげで命拾いした！　ありがとう！」

　トーマが近付き、ルインの肩(かた)を叩(たた)いてきた。

「でも隣(となり)にいる彼女の力も気になるけど、さっきの君の使ったスキルはなんなんだ？　あんなの、見たことが無いぞ」

　続けて問われ、ルインは言葉に詰まる。

　まさか、魔王使いになってサシャをテイムしたとはさすがに言えなかった。

「ま、まあ、ちょっと珍しいハイレア・ジョブというか」

「そうなのか！　実に興味深いな。君自身の腕前も相当——いや、それどころじゃない。まさに女神アルフラの偉業の如くだ。その技だけでも称賛に値する。……もし良かったら、おれ達のパーティに加わってくれないか？　君と彼女の力があれば勇者の称号を貰って、魔王だって倒せるはずだ」

「あ、ずるい！　うちが誘おうと思ってたのに！」

「待って下さい。うちのパーティにこそ来て欲しいです！」

　トーマ達が先を争うように勧誘してくるのに、ルインは困惑した。

（ま、まさかこれだけ有名な人達がオレなんかを勧誘してくるとは）

　クレスのパーティに居た頃にはありえなかった光景だった。

　とは言えルインの目標的に彼らと共に行動するわけにはいかない。いずれ協力してもらう時があるかもしれないが、理解してもらうにはもっと説得材料となるものが必要だった。

「え、えーと。申し出はありがたいんだけど、オレは」

どうにか断ろうとしていると、体をぐいと掴まれ、サシャに引き寄せられる。

「無駄じゃ。こやつは既にわらわと深い関係にある者。お主らには勿体なくて渡せんわ」

「ええ⁉　あ、じゃあ、二人はそういう関係で……？」

「そ、そうなんですか。好みのタイプだっただけにちょっと残念な気も……」

レインとルーミが何かを察したように少し引いた。何やら多大な誤解を受けた気がするも、この場を切り抜けるには身を委ねていた方が良いようだった。

「そ、そういうことなんだ。あの。だからオレはサシャと二人で旅をするつもりで」

「……そうか。惜しいな。君みたいな奴が加わってくれれば、勇者パーティにだってなれるかもしれないのに」

本気で悔しがっているかのように、トーマは手を強く握りしめる。

「だが、分かった。どうしてもダメなら仕方ない。ともあれ、あの魔物を倒したのは君達だ。報酬は全て受け取ってくれ」

「いいのか？　皆で受けた依頼だったのに」

「あたし達は勝利に貢献できたわけではありません。それなのにお金を貰うなんて、冒険者の矜持が許さない。遠慮なく受け取ってください」

にっこりと笑うルーミに、ルインは頭を掻いた。

「そっか。ありがとう。ならせめて、倒れている人達を街に一緒に運ぶよ」

「本当か⁉　すまない。助かる！」

頭を下げるトーマに、とんでもないと首を横に振り――。

「何でも良いが、さっさと済ませて街へ戻るぞ。いい加減に腹が減って死にそうじゃ」

欠伸を噛み殺して呼びかけてくるサシャへと、ルインは頷いた。

第三章 ―― 光と影は常に変化する

「なに……危険級指定のストーム・ドラゴンを、たった二人で倒しただと⁉」

クレスは思わずギルドのカウンターを強く叩いて、身を乗り出した。

「え、ええ、そう報告を受けております」

ギルド職員の男性はやや引き気味の体勢をとりながら、そう答える。

「ここから北にあるウルグという街で依頼を受けた、Bランク冒険者とその相棒である方が討伐されたと」

「Bランク⁉　Aランクですらない奴が……⁉　何かの間違い(まちが)だろう⁉」

無意識的に声が上擦る(うわず)のを感じた。そんなことが、ありえるわけがない。

「いえ、私共も前代未聞(ぜんだいみもん)のことで大変に混乱したのですが、確かなようで……」

「勇者である俺(おれ)の率いるパーティでも勝てなかった危険級指定魔物を、Bランク如きが……な、名前は⁉　そいつの名はなんだ⁉」

「は、はい。少々お待ち下さい。ええと……ああ」

束ねていた書類を何枚か取り出して眺めていた事務職員は、ようやく目当てのものが見つかったというように言った。

「ルイン。ルイン＝シトリーという冒険者ですね」

その言葉は――クレスの全身に、強い衝撃をもたらす。

「……ルイン、だと……」

あまりの信じ難い事実に、足元がぐらつく気すらした。

「ルインがストーム・ドラゴンを倒したんですか!?　本当に!?　では、彼はまだ冒険者をやっているんですね!?」

クレスの代わりに勢い込んで尋ねたのは、後ろで控えていたセレネだ。

「ええ。登録は解除されていませんよ」

「……ルインが、冒険者を辞めていなかった」

呆然としていた様子のセレネは――しかし、やがては、その顔に笑みを浮かべた。

「そう、そうよね。やっぱりよ。彼がそんなこと、するわけがないと思ってた！」

一方のクレスは、未だ愕然となった状態のまま戻れていない。

「嘘だ……あいつが。あの無能が、俺ですら撤退せざるを得なくなった奴を倒せるわけがない！　お前！　適当なことを言うな！」

間もなく湧き起こる怒りのまま、クレスは事務職員の胸ぐらをつかみ上げた。

「じ、事実です！　あのままストーム・ドラゴンを放置していれば、付近の街や村は甚大な被害を受けていたでしょう。ルインさんの功績は称賛すべきものだとして、ギルド全体で高く評価されており、彼を早くSランク冒険者に昇格させるべきだとの声も上がっております して」

「そ……そんなことがあるわけがない！　あいつが……あいつ如きが!!」

それは本来、自分が受けるべき扱いのはずだ。勇者である自分が。誰よりも優れ、何よりも強く、やがて歴史に語り継がれるべきクレス＝ヴェリトアこそが。

「クレス、落ち着け！」

「そ、そうよ！　たまたまよ！　きっと、なにかの偶然が重なったのよ！」

背後からヴァンとメアが止めてくる。だがそれでも憤りは抑え切れなかった。

「ちくしょう……ちくしょうがあああああああああああ！」

クレスは何度もカウンターを叩き、耐え切れぬ屈辱に奥歯を強く噛み締めた。

「あ、ありえない。絶対にありえちゃいけないんだ、そんなことは……！」

「……クレス」

不意に声をかけられて、クレスはセレネを振り向いた。

彼女の顔は、見たことが無い程に凍てついた感情を宿している。

「あなた、嘘をついたのね」

「え……」

「ルインが冒険者を辞めるなんて、どうしてそんな嘘を吐いたの？」

「あ……い、いや、それは、その」

「ルインは出て行ったんじゃなくて、クレス、あなたが追い出したんじゃない？　そうじゃないなら、彼がわたしに一言も無くパーティを抜けるなんてこと、ありえないと思う」

セレネの問いにクレスは答えることが出来なくなった。ただ俯いて、唇を引き結ぶ。

「……まあいいわ。深くは聞かない。でも、わたしはもう、あなたの下にはいられない」

言って、セレネはクレスに背を向けた。失望したかのような口調で続ける。

「どんな理由があるにしろ、あなたが彼を追い出したのなら。大事な幼馴染である彼に対して、わたしに何の相談もなくそんな真似をしたのなら――。そんな人とはもう、一緒にパーティを組めないわ」

「ま、待ってくれ、セレネ。これには、その、事情があって！」

「どんな事情なの？」

問われて、クレスは言葉に詰まる。必死で言い訳を探していたが、頭の中が真っ白になって、まともな思考すら出来ない有様だった。

「あ、あいつがパーティに居るのは良くないと思って……だから、なんというか……」

「正当な理由は、ないのね？」

セレネの口調は更に冷たさを増す。静かな怒りを漂わせるように。

「そう。なら、ごめんね、クレス。わたしはルインの所へ行くわ」

ため息をつき、歩き始めると、セレネはギルド支部の建物を出て行った。

「おい、待てって！　違うんだ！」

慌てて追いかけたクレスもまた外へと出るが――セレネは既に地面に杖を突き、精霊による力を借りて風の膜を纏っていた。

「わたしとルインが居なくても、勇者として頑張ってね」

振り返ることもなく静かに告げると。

「――さようなら」

セレネは疾風の力で宙に舞い上がると、そのまま、猛速度で飛行していった。

行き先はクレスにも分かっている。ルインが依頼を受けた街へ向かったのだろう。

「そんな……セレネまで……」

クレスは膝を突き、頭を抱えた。

理解できない。勇者になり、ルインを追い出した。これで思惑通りだったはずなのに。

「なんで……なんでこんなことになるんだッ――――！」

混乱した状態のまま、クレスは天を仰いだ。

「ク、クレス……その、気にしないでいいじゃない。一人いなくなったくらいで。また探せばいいわ」

背後からメアが、励ますように声をかけてくる。だが今のクレスにとって、それは無駄な怒りを誘うだけだった。

「お前に……お前に何が分かる!!」

立ち上がり、振り返り様に叫ぶと、メアは怯えたように体を竦ませる。

「……くそ！」

クレスは悪態をつくと、仲間達を置いてその場を去った。

無力感が収まらず、街の酒場に入り、昼間から麦酒を呷る。

十五になって成人して以来、幾度も杯は傾けて来た。しかしそれはいずれも勝利の余韻に浸りながらのことだ。憂さ晴らしに飲む酒は、殊の外不味かった。荒れた様子を警戒してか、店主も客も近付いてこない。……だが、

「クレス様！　クレス様ではありませんか」

不意に呼びかけられ、クレスは顔を上げた。そこには、体に不似合いなほど大きな、真っ白いローブのフードを目深に被り、顔を隠した男が居る。

「……誰だお前は」

怒りを隠さず発したクレスの声に男は垣間見える口元を緩め、深々と頭を下げた。

「このようなところで勇者クレス様にお会いできるとは正しく僥倖。私、かつてあなたに命を救われた者で御座います」

「俺が救った……？」

「左様で御座います。以前、立ち寄った街が魔族に襲われたところ、クレス様率いるパーティの皆様がそれらを掃討して下さいました。おかげで無事に旅を続けられております」

言われたところで男に見覚えはない。だが、まだルインがパーティに居た頃、街を襲撃する魔族を数多く倒してきた。その内のどれかにたまたま、彼が居合わせたのだろう。

「……そうか。それで何か用か？」

未だ不機嫌さを滲ませながらもクレスが尋ねると、男は再び口を開いた。

「はい。実は私、アルフラ教に属する者でして」

確かに、男のローブにはアルフラ教を示す紋章が描かれていた。

「ふん。神官が酒場に何の用だ？」

「ああ、いえ、この店には食事をしに入った次第で。私は王都より派遣され、ウルグという街にある支部へ向かう途中なのです。クレス様に助けて頂いたのも、その道中でして」

クレスは鼻を鳴らして、酒を呑んだ。どの道、自分には関係のない話だ。

「ですが少々、不穏な噂を耳にしまして……。どうやらウルグの街を度々襲う魔族が居るらしいのです。そこで……着任する前に不安は取り除きたく思い、その魔族を勇者クレス様に倒して頂けないかと。ギルドにも依頼が出ているようですし、もし成功された暁には、私を通じて教会側からも特別報酬をお支払いしようと思っております」

「俺に？　それは……まあ、別に構わないが。しかし……」

つい少し前、魔族から敗走したばかりだ。さしものクレスも以前のように気軽に頷けるところではなかった。

「何かご不安が？　そういえば、パーティを組んでいる他の方々がおられないようですが」

「ふん。一人で飲みたい気分だったから、離れているだけだ」

「さようですか。ならば良いのですが。しかし……先程、飛翔術で街を出て行くお方をお見掛けしましたが、あれは確か、クレス様のお仲間では？」

「……。あいつは、パーティを抜けた！」

やり場のない憤りに、クレスは持っていた杯をカウンターに叩きつけた。

「それはそれは……どのようなご事情かは分かりませんが、残念なことです」

男はそこで口を閉ざした。何かに迷うように。だが、やがて、

「あの……もし、ですが。戦力不足でお悩みであれば、これをお使いになってはいかがでしょう」

彼は懐に手を入れると何かを取り出した。腕輪だ。

「アルフラ教が、魔族や魔物の素材を使った道具の研究をしているのはご存じですか？」

「……聞いたことはある」

魔王との戦いに挑む勇者達を補助する目的として始まったもの、とのことだった。

「この腕輪はその成果の一つです。私は王都から派遣される際、幾つか道具を持ち出しておりまして。これを腕につけると、持ち主のスキル効果を劇的に上げる効果を発揮します」

「ほ、本当か⁉」

思わずクレスは男の手から腕輪を奪い取って、まじまじと眺める。

「ええ、本当です。クレス様のお力があれば心配は無用と存じますが、念の為に差し上げますので、装備されては如何でしょう」

「……いいのか？」

「はい。私としても派遣先の不安が払拭されるに越したことはありませんので」

微笑(ほほえ)みを浮かべる男の口調に嘘をついている様子はなかった。もしこの道具が本当に彼の言った通りの力を持つのであれば、対魔族用としてこれほど相応しいものはない。

「……分かった。試してやろう。ウルグの街だったか？」

「ええ、その通りで御座います。どうか、よろしくお願い致(いた)します」

男が丁寧(ていねい)に一礼した。そこでクレスはようやく、深々と頷く。

（……ようやくだ。ようやく運気が回ってきた。上手(うま)くいけば全(すべ)てが元通りになる）

先程まで失われかけていた高揚(こうよう)感が、みるみる内に蘇(よみがえ)ってくるのを感じた。

クレスは杯の中身を一気に飲み干し、満足気に息をつく。

目の前にいる男は——そんな様子に、ゆっくりと口角を上げた。

「フハハハハハ！　いやぁ、喰った、喰った!!」

ストーム・ドラゴンを倒した次の日。

ウルグの街の広場に、サシャの豪快(ごうかい)な声が響(ひび)き渡った。

「昨日も引くほど食べたのに、今日も街の飲食店を片(かた)っ端(ぱし)から制覇(せいは)するとは……呆(あき)れを通り越して感心するな」

ルインは満足気に腹を摩(さす)るサシャを見て、苦笑いを零(こぼ)す。

「なんの。まだ腹八分目といったところじゃ。まだいこうと思えばいくらでもいけるぞ。いくか――限界突破(とっぱ)！」

「いかなくていいから。ストーム・ドラゴン討伐(とうばつ)の報酬が大金だったといっても、この調子で食べると近々底をつくぞ」

半ば本気で脅すと、サシャは「むう」と不満そうにしながらも、

「まあ、ならばやめておくか。しかし、これからどうする、ルインよ。金もある程度得たことだし、街を出発して、反応のあった方角を目指すか？」

「ああ、そうだな。今から出発すれば日暮れまでには違う街に――」

言いかけたところで、ルインは声をかけられた。

「ああ！　ルイン！　良かった。まだこの街に居てくれたのね！」

振り向くと、見覚えのある銀髪(ぎんぱつ)の少女が駆(か)けてくるところだ。

「……え!?　セレネ!?」

見間違(みまちが)いかと思ったが、確かにそうだ。クレスと同じ幼馴染のセレネである。

「どうしてこんなところに……うぶっ」

喋(しゃべ)っている途中で、ルインは息が詰まった。

セレネが思い切り抱(だ)きしめて来たからである。

「ごめんなさい、今まで。クレスからあなたはパーティを抜けて、冒険者を辞めたと聞かされていて……。でも、ここは違う街のギルド支部で、ルインがストーム・ドラゴンを倒したと聞いて、居ても立ってもいられなくて、追いかけて来たの！」

「そ、そうだったのか。……うん。ほっとしたよ」

セレネにも役立たずだと思われていたのかと落ち込んでいたルインは、救われた気持ちになった。

「本当に申し訳なく思ってるわ。確認しようと思ったけど、クレスに聞かされたときにはもう、あなたは王都を出た後で……」

「いや、それはもう、いいんだ。と、というか、セレネ、ちょっとさすがにこの状態は恥ずかしいんだけど……」

公衆の面前ということもあるが、先程からセレネの胸がずっと押し当てられていて、落ち着かなくなる。

「あ……ご、ごめんなさい。ルインと会えてうれしくて」

セレネも頬を赤らめながら、急いでルインから離れた。

「オレもセレネと再会できて良かったよ。でも、クレスのパーティはどうしたんだ？」

「……抜けてきたわ。嘘をついてまであなたを追い出したクレスのやり方が、どうしても

許せなくて。ねえ。ルイン。あなたさえ良ければ、わたしとまたパーティを組んでくれないかしら」

セレネはルインの手を握ると、真剣な眼差しで見つめてくる。

「他の仲間を見つけて、一緒に魔王を倒しましょう。あなたならきっと、勇者にだってなれる。わたしはそう思うわ」

「え……と、その申し出は、ありがたいんだけど」

色々と事情が複雑で、ルインとしては、素直に頷けないところがあった。

「おい。先刻から聞いていれば勝手なことばかり抜かすな。ルインを追い出した者の一員が、今更都合が良いとは思わんのか」

と、そこで、サシャが不機嫌そうな声を出す。

「え？　……あ、ごめんなさい。もしかして、あなたがルインと一緒にストーム・ドラゴンを倒したっていう？」

「その通り。わらわの名はサシャ。良いか、聞け、小娘。ルインは我が野望の右腕となる者。そのわらわの許可なくこやつを好きに出来ると思うな」

「野望……？　ルイン、彼女は一体？」

不思議そうな顔をして、サシャとルインを見比べるセレネ。

（……ううん。これは誤魔化せそうにないな）

　仮に適当にあしらったところで、セレネは納得しないだろう。いや、その前にクレスのパーティを抜けてまで自分の所に来てくれたセレネを、無下には扱いたくなかった。

「セレネ。いいか。オレと一緒に行動するか、こっちの事情を知って判断して欲しいんだ」

「え？　え、ええ。それはもちろん、良いけれど……」

「君にとっては信じ難いことばかりかもしれない。だけど全てオレの身に起こったことだ。場所を移して——ゆっくり話をしよう」

　ルインはそう言って、セレネを先導し、歩き始めた。

　やがてルイン達は街の、人気のない路地裏へと入った。

　念の為、他に誰かいないか、周囲を確かめて——。

「よし。まずは、どこから話そうかな……」

　ルインは、悩みながらも、しばらくして語り始めた。

「……え!?　ま……魔族!?」

　ルインの話の途中、セレネは声を上げ、呆然と立ち尽くす。

　無理もない。仮にルインが彼女と同じ立場になっていたならば、似た反応を示すだろう。

「目の前にいる、この子……サシャが、その、魔族だっていうの？」

整った顔立ちが台無しになるほど、セレネがぽかんと口を開けた。

だが——間もなく、何かに納得したように「……ああ」と笑い始める。

「そういうこと。すごいわね、ルイン。さすがに予想できなかったわ、その冗談は」

「いやいや。そうじゃなくて。本当なんだって」

「そ、そんなこと、あるわけないじゃない。サシャが魔族？　どこからどう見ても人間よ」

「サシャ、頼んだ」

「えええええええ」

ルインが言うとサシャは大いに不満そうな顔をしていたが——渋々と自分の髪を掻き分けた。生えている小さな角を見せる。

「……嘘。じゃあ、本当に……」

ようやくそこで、セレネはルインの言ったことが事実であると認めたようだ。

「ね、ねえ、どういうことなの？　ルイン。サ、サシャが魔族だとして、どうしてあなたが一緒にいるの？　ひょっとして……奴隷として捕まえられたの!?」

セレネは焦燥めいた顔で身を乗り出すと、ルインの体を掴んでくる。

「阿呆。その逆じゃ。わらわがルインの配下になったのじゃ」

呆れたように言うサシャに、セレネは戸惑いを見せた。

「魔族がルインの配下？　どういうこと……？」

「それとわらわはただの魔族ではない。その統率者たる王。世界最古にして最強の【死の魔王】じゃ。その辺りを宜しく頼むぞ」

譲れない一線だとばかりにサシャが主張すると、セレネは益々混乱したようだ。

「ま――魔王⁉　あなたが⁉　まさか⁉　だって魔王は封印されているはずじゃ⁉　な、なにが起こってるの⁉」

「待ってセレネ。ちゃんと説明するから。まずは落ち着いて話を聞いてくれ」

ルインはセレネをなだめると、再びこれまでの流れを語った。

クレスからパーティを追放されてからのこと、今の自分が置かれている状況などを。

最初こそ度胆を抜かれた様子を見せていたセレネだったが、丁寧にルインが話し続けると、ようやくいつものような冷静さを取り戻したようだった。

立ち尽くしたままだった彼女は、やがて長く、大きな息をつく。

「魔王使い……そんなハイレア・ジョブがあっただなんて。初めて聞いたわ」

「オレもだよ。でも間違いない。オレには魔王をテイムし、その力を操ることが出来る」

「本当なの？　ルイン、サシャに騙されているんじゃない？　あなた、純粋でちょっと危ないところがあったから」

未だ疑念を持つセレネが、警戒するようにサシャを睨んだ。

「失礼なことを言ってくれるな。わらわ達が人間を騙して何の得がある」

サシャが憤然としていると、セレネは鋭く切り返す。

「配下なんていってルインの懐に入り込んで、何かを企んでるんじゃないの」

「そんなまだるっこしいことをするか！　もしやるなら堂々と正面からやってやるわ！」

「信じられないわよ。魔族は卑劣で悪辣なんだから！　その王だっていうなら、もっと酷いことだって平気な顔でやるんでしょう！」

「お主……わらわを侮辱したな⁉」

サシャはまなじりを決し、セレネに飛びかかろうと動いた。

「待つんだサシャ。セレネ、君もオレと同じで魔王や魔族について調べていたよな。その中で、魔族が人間を襲わずに逃げたって、そういう話があったことを覚えてないか？」

「……そ、それは……確かにあったけど」

「なら魔族がアルフラ教で伝わっているような奴等ばっかりじゃないかもしれないって、そういう可能性を考えなかったか。サシャの話によればやっぱりそうなんだよ。魔族も人間と同じなんだ。だから……魔族だからって全部が何か企んでるなんて考えるのは、あまりよくないことだとオレは思う」

　ルインの説得に、セレネは黙り込んだ。必死で自らの何かと葛藤するように。

　だが彼女はやがて、やや躊躇いがちに口を開く。

「で……でも、ルインを騙していないっていう証拠は、今のところ何もないわ」

「ぬう。しつこい女じゃな。そんなことはせんと言っておるだろう」

「だ、だって、ルインのことが心配で……！」

「ええい、黙れ。いくら他の魔族に比べれば人間に寛容たるわらわでも、今までの発言は聞き流せぬ！」

　殺気を滾らせるサシャを前に、セレネもまた身構えた。

　このままでは最悪の事態に発展してしまうとルインは危惧し、

「己の迂闊な発言による罪を、その身を以て知るが良い――ッ！」

　権能を発動しようとしたサシャに対して、強く叫んだ。

「サシャ！　――止まれ！」

「ぎゃんっ！」

　その瞬間、サシャは完全に硬直した。

「サシャ、気持ちは分かるけど冷静になってくれ。こんなところでセレネ相手に喧嘩を始めたところで、良いことなんて一つもないだろう」

ルインが冷静に諭すと、サシャは不自然な姿勢で微動だにできないまま、不服そうな顔をする。

「それはそうだが……あの女が失礼なことを」

「……ねえ、これはなに？　どうしてあなたの命令を彼女が聞いているの？」

困惑しているセレネにルインは説明を始めた。

「魔王使いは魔王を使役し、その動きを自由に制御できる。サシャはオレのどんな命令にも逆らえないんだ」

「うう。改めて骨身に応えた。応えたからはよう解いてくれ」

サシャが気持ち悪そうにせがんでくるのに、ルインは彼女を解放した。

「……そんなことが出来るなんて」

セレネは驚きを表すように口へ手を当てた。

「分かってくれたかな。オレの魔王使いの力が本物だって」

「え、ええ。その、サシャ、ごめんなさい。何も知らずに勝手な事ばかり言って」

シュンとしたように項垂れるセレネに、サシャはやや不貞腐れながらも、「もうええわい」と彼女を許した。

「だけど……ルイン。普通であればありえない力よ、これは」

「だろうな。その上でオレは、今、サシャと一緒にある目的を成し遂げようとしている。魔族と人間との融和だ」

「そっ——ええ⁉　そんなこと、出来るの……⁉」

「実際にわらわが統治していた時代には成功しつつあったのじゃ。まあ、勇者めのせいで邪魔をされたがな」

　思い出しても怒りが収まらないというように、サシャは唇を尖らせた。

「さっきも言ったけど、魔族にだって平和的に暮らしたい奴が居るらしいんだ。だったら、サシャの頃に出来ていたなら——今だって出来ないわけはない。オレと彼女、それに他の魔王の力があれば成し遂げられるはずなんだ」

「……それは……そうだろうけど……」

　言葉とは裏腹に、迷うような素振りを見せるセレネ。

　しばらくして彼女は、思い切ったように言った。

「……でも、わたしはやっぱり、すぐには受け入れられないわ。ルインの言う通り、古い資料には幾つか、魔族についてそういう記述があった。古本屋で見つけた、教会には出鱈目扱いされて、今では禁書扱いになっているものばかりだけど……一冊だけでなく複数で書かれていたから、ひょっとしたら、とは思っていたわ」

「うん。それなら――」

「で、でもね。わたしはそういう、悪意を持たない魔族と話したことがないの。それに、数百年の間、人間と魔族は争い続けて来た。それをいきなり手を結べって言われても……」

「むう。まあ、わらわの時代でも一度染まった思想を変えるのには苦労をした。お主の気持ちは分からんでもないが」

腕を組んで唸り始めるサシャと、そんな彼女を微かな不安を滲ませた目で見るセレネ。

二人の様子を見ていたルインは、致し方ないことかもしれない、と思った。

(オレは実際に助けを求めてくる魔族と会ったり、サシャと出会ってから一緒に行動したってこともあって、ある程度は実感を持っているけど……。セレネはそうじゃないからな)

サシャを個人ではなく、魔族という大枠でしか捉えることが出来ていないのだろう。

(サシャが今の時代で、オレ以外の人間と分かり合うことが出来るか……それは種族同士が融和する上で重要なことだ)

だとすれば二人が今、一緒に居るのは良い機会かもしれない。

「どうしたの？　ルイン」

考えこんでいるルインの顔を不思議そうに覗き込んでくるセレネとサシャに対し、

「いや、提案があるんだけどな。これからちょっと——皆で交流会を開こう」

ルインは、そう告げた。

「え？」「なんじゃ？」

サシャ達はほぼ同時にきょとんとする。

「サシャは今の時代で、オレ以外の人間のことをもっと知った方がいいと思うんだ。逆にセレネもサシャと話すことで、もっと理解を深めた方がいい。魔族と共に生きることが出来るか、それをもって判断してもいいんじゃないか？」

「……。なるほど。一理あるわね。まあ、クレスのパーティを出た以上、わたしに時間はあるけど……具体的に何をするの？」

セレネから訊かれてルインは少し首をひねり、

「……そうだな。三人で街を巡って色々と経験してみるのはどうだろう」

「ううん。わたしは別にいいけど、サシャはどうなの？」

セレネに振られて、サシャは迷うように少し視線を動かした。しかし、やがては頷く。

「ま、よかろう。わらわの目的を完遂する上で意味のあることではある」

二人の同意が得られたことにルインはひとまず胸を撫で下ろす。

「なら、ひとまずは広場に戻ろうか」

言って歩き出すと、サシャ達は顔を見合わせながらもついてくるのだった。

「……さて、それにしても、まずはどうしようかな。日暮れまでそんなに時間はないから、あまり回れないとは思うけど」

人々でにぎわう広場を前にして、ルインはセレネに尋ねた。

「そうね。まずは見た目から変えてみるのはどう？　せっかく街を散策するのだから、服も着替えた方がいいわ。そっちの方が気分も乗るかもしれないし」

「服ぅ？　そんなものいらぬ。それよりもっと、面白いところはないのか。もしくは美味いところは」

「いや、君、さっきたらふく食べただろ⁉」

「まだまだ食えるが？　腹十分目になって初めて食ったと言えるが？」

「……魔族って恐ろしいわね」

平然と言ってのけるサシャにセレネが顔を引きつらせる。

「いやこれは多分、サシャだけだと思う」

確証はないが、とルインが指摘すると、セレネは困ったように息をついた。

「まったくもう。たまにはいいじゃない。いつも同じ服じゃ飽きるでしょ。それとも魔族は服を楽しめないくらい野蛮なの？」

「むむっ。そんなことはないぞ！　わらわ達とてそれくらいの教養はある！」

「じゃあ、決まりね。まずは服を着替えましょう」

「うむ、良いだろう。どこへなりとも連れて行くがいい！……ん？　なにかわらわ、この女の手玉にとられていないか？」

「気のせい、気のせい」

ルインが誤魔化すとサシャは「そうか。気のせいか」とあっさり納得した。元来、あまり細かいことは気にしない性質らしい。

「うん。それじゃ、お店を探しましょう」

「だけどセレネ、オレ達は旅をしているわけだし、あまり荷物を増やす訳にもいかないぞ」

ルインの指摘にセレネは「大丈夫よ」と片目を瞑った。

「衣装を貸し出しているお店があるの。この広場へ来る途中に見かけたわ」

「へえ、そんなものあるのか？」

「うん。ほら、ルイン達もそうだけど冒険者って依頼であちこち行くから、とてもじゃないけど服を沢山持てないでしょう？　そんな人達の為に、少しの間だけ衣装を貸してくれるところがあるの。冒険者の中には、街に滞在している時くらいお洒落をしたいって人もいるから、結構需要があるみたい」

「なるほど……。それは盲点だったな」

元来、あまり衣服に興味のないルインとしては、感心するばかりだ。

「さて、そうと決まれば早速、お店に向かいましょう」

セレネに案内されるまま、ルイン達は歩き始めた。

広場から離れて数分程度のところに、その店はある。

中に入ると凄まじい量の服が出迎えた。店内だけでなく天井からも吊り下がっている。

「これは……大したものだな」

一体、何着程度あるのだろう。見当もつかず、ルインは途方に暮れた。

「ふん。物好きな連中が多いの。服など適当で良いとは思うが」

サシャが理解出来ないというように顔を顰める。

「魔族はあまり服装に頓着しないのか？」

「む。そうでもない。こだわる者はこだわる。とは言え、魔王に従わぬ者――つまりは個々の小さな集団で生きる者達は、物資を手に入れること自体が難しいから、やりたくとも出来ぬというところもあるだろうがな」

「……そうか。人間と交渉するわけにはいかないもんな」

「そうじゃな。中には生きる為に仕方なく、人間を襲う者達もおった」

　思えば魔族も相当に苦しい生活をしているのだろう。そもそも女神によって数は激減し、生存圏も追いやられていた。だからといって人間を襲っていい道理はないが、納得できる行動理由がある者もいるということだ。

「服や食事を楽しむというのは、生活に余裕があるから出来ることだわ。ルインの言う通り、今の魔王側ではない魔族がいるなら、確かに大変かもしれないわね」

　セレネが複雑そうな顔で呟く。

「わらわはそういったことも含めて、全ての人間と魔族が手を結ぶべきと国作りをしていたところもあるのだがな。全てが賛同してくれるわけでもなかった。当時は生存に苦労してでも、反人間として生きる魔族達も居た。過去を考えれば無理強いも出来ぬ。そういった者も含めて助け、生かすことこそが王としての務めなのじゃが……難しい話じゃ」

　どこか沈痛な面持ちで語るサシャを見ていたセレネは、何度か目を瞬かせた。

「……サシャも為政者っぽいことを言うのね」

「どういう意味じゃ！　わらわは魔王じゃぞ⁉」

「ご、ごめんなさい。つい」

気持ちは分かるな、とルインは密かに頷いた。

「まったく。……まあ良い。ではルイン、わらわに似合う服を用意せよ」

と、そこでサシャが豊かな胸を張り、要求してくる。

「え、オレ⁉　オレは分からないよ。女の子に合う服なんて」

故郷の村に居た時も、冒険者として活動し始めた後も、そんなことは考えもしなかった。

「なんじゃ、甲斐性のない男じゃな。ならばセレネ。お主が持ってこい」

「え？　どうしてわたしが？　自分で選べばいいじゃない」

「わらわには分からん！　故にこれはと思う物を寄越すが良い。わらわが査定してやろう」

「どうして上から目線なのよ……王様みたいに」

「だからさっき言ったじゃろうが！　わらわは魔王じゃ」

「む。でも、だからって偉そうに命令するのは良くないわ。それに服は自分の感覚で選ぶものよ」

「ええい、細かいことを申すでない！　それともあれか。わらわに似合う服が分からんか。その未熟な身の上ではまだ判断つかぬのかのう」

「ぐっ……言ってくれるわね。わかったわよ。ちょっと待ってなさい！」

セレネは悔しそうに歯噛みすると、店の奥へと消えていった。

「ふはははは。操りやすい女よ」

「君も相当なものだとは思うけどな」

「なんじゃと!?　わらわの何処(どこ)が!?」

たとえばセレネにこの店に連れてこられたこととか、と言おうと思ったが、弄(もてあそ)ばれたと思ったサシャが暴れ出しそうなのでルインは黙(だま)る。

「……ほら！　これなんかどう？　サシャに似合いそう」

やがて戻ってきたセレネが差し出したのは、黒を主体にし、所々に赤の飾(かざ)りを施(ほどこ)したドレスだった。襟元(えりもと)やスカート部分にフリルをあしらっており、首元のリボンがさりげない愛らしさを演出している。

「なんじゃこれは。こんなフリフリしたものを着れるか」

「そう？　でも色合い的にはそれほど派手じゃないから、あなたの雰囲気(ふんいき)にぴったりだと思うけど。どう思う？　ルイン」

急に振(ふ)られてルインは少し困惑(こんわく)したが、服をじっと見て、素直な気持ちで答えた。

「ああ、良いと思うよ。サシャの着てるところを見てみたい。きっと可愛(かわい)いと思う」

「んなっ!?　か、か、からかうでない！　わらわが可愛くなるわけなどないだろう！」

するとサシャは一瞬にして顔を赤くし、大きく仰(の)け反(ぞ)った。

「そうか？　着てみたら分かると思うけど」

「そうね。じゃあ試着室にいきましょう」

セレネはサシャの腕を掴むと、強引に連れて行く。

「こ、こら！　まだ着るとは決めておらん！　というか着ないぞ！　おい！　セレネ！　お主、不敬であるぞ！　ルイン、こやつを止めろ！　でないと実力行使に出るぞ！」

「ダメだぞ、力を使ったら。もしそんなことをしたらすぐに止めるから」

ルインが笑って手を振ると、サシャは「おのれ魔王使いめえええええ」と怨嗟の声を発しながら試着室まで引っ張られていった。

ルインがついていくと、カーテン越しに中から声がする。

「わ！　待て！　服を引っ張るな！　着ないと言っておるだろうが！」

「ここまで来たら諦めなさいよ。魔王らしく堂々としてなさい」

「それとこれとは別じゃろうが。こら、ぬ、脱がすな！　お主、変態か⁉」

「人聞きの悪いことを……って、うわ、あなた、大きいわね。小柄なのにこの胸はある種、凶器と言えるかもしれないわ」

「お主に言われたくないわい。乳お化けめ」

「だ、誰が乳お化けよ！　この……揉みしだいてやろうかしら」

「やめろおおおおおおお！」

聞いているだけで顔が赤面してきそうな会話だった。ルインは思わず俯く。

そのまま少しして、試着室のカーテンが引かれた。

「ルイン！　サシャが着替えたわよ」

「や、やめい、セレネ！　良いか、ルイン、見るな！　見るなよ⁉」

と言われても、気になるルインは前を向く。

そこには、すっかり変貌したサシャが居た。

「……これは……」

サシャは耳まで真っ赤に染めたまま、何かに耐えるようにスカートの裾を必死に下に引っ張っている。目は潤み今にも泣き出しそうだ。

「な、な、何も言うな！　どうせ妙だと言うのであろう！　わかっておる！　わらわが一番分かっておるのじゃ！　このような小娘が身に着けるような衣装、わらわには――」

「うん、すごく似合ってる」

「そうじゃろう⁉　物凄く似合って……似合ってる？」

ルインは頷いて、口元を緩めた。

「思った通りだ。可愛いよ、サシャ」

「はうっ――⁉」

何かに撃ち貫かれたようによろめいたサシャは、両手で顔を覆い隠す。

「う、嘘じゃ――！　こんなもの、似合うわけがない！　ルインは騙しておるのじゃ‼」

「そんなことないわよ。予想以上に可愛いわ。本当に可愛い。すごく可愛いわ」

「本当だな。可愛いぞサシャ。普段の君との差があって余計に可愛い」

「う、うるさい！　可愛い可愛いというな――っ！」

セレネとルインが褒めちぎっていると、恥ずかしさが極まったのか、サシャはついに蹲ってしまった。

「ごめん、ごめん。でも似合ってるのは本当だ」

ルインが謝ると、サシャは「ううううう」と嘆いているのか唸っているのかよく分からない声を上げながら、ようやく立ち上がった。

「くそ。こうなったらヤケじゃ！　わらわだけ着せ替え人形になってたまるか！　ルイン、お主の服を選ぶぞ！　ちょっとそこで待っておれ！」

言うが早いかサシャは疾風のように駆け出していく。

「ふうん。面白そうね。わたしもやるわ」

何故かセレネまでやる気になって再び去っていった。

「え、ええ？　いや、オレは別にいいんだけどな……」

まあ良いかとルインが待機していると、間もなくサシャが戻ってくる。

「ほら、これなどどうだ。お主に相応しいぞ！」

サシャがもってきたのは全体として渋めな組み合わせだった。ルインよりも三つか四つ、上の人間が着るようなものに思える。

「ううん？　オレが身に着けるには、ちょっと大人っぽ過ぎるんじゃないかな」

「そうね。ルインにはこっちの方が似合うわ」

遅れて帰ってきたセレネが差し出してきたのは、ベストと広がりのあるズボンを中心とした、少し幼さを感じさせるものだ。

「なんじゃと。ルインもそろそろ自身の男というものを意識した方が良い頃だ。このような服装の方が良い！　魔王としての勘が告げておる！」

「そんなもの当てにならないわよ！　わたしの方がルインと付き合いが長いんだから、わたしの方が正しいの！」

「だらだら一緒に居ただけであろう！　それともお主、ルインの恋人なのか!?　それほど分かり合っておるのか!?」

「こ、こい!?　……べ、別にわたしとルインはそんなのじゃ……」

たじろいだセレネの頬に赤みが差す。

「お、おい、変なこと言うなって、サシャ」

「はん。なるほど、その反応。二人ともまぐわうどころか接吻さえしていないと見た！」

「まぐ……！　まま、まぐわう……とか、女の子がそんなこと言わないでよ！」

先程のサシャと同程度に顔を染めたセレネが叫ぶと、サシャはにやりと笑う。

「おやおや。ルインの幼馴染は随分と初心のようじゃ。そんなことではわらわがルインを取ってしまうぞ」

「ええ⁉　ル、ルイン、まさかサシャと⁉」

驚愕の表情で見てくるセレネに、ルインは勢いよく首を横に振った。

「ないないないないないない！」

「そ、そんなに全力で否定することはないであろう！　魔王に対し失礼ぞ⁉」

「大声でそういうこと言うなって！」

サシャの口を塞ぎ、何事かと見て来た他の客たちに、ルインは無理やりに笑顔を作る。

「な、なんでもないです。この子、冗談が好きで」

客たちの注目が逸れたところで、ルインは安堵して手を放した。

「ぷはっ。ええい。そのような些末なことはどうでも良い。ルイン、お主が決めよ。わらわの服かセレネの服か！」

「そうね、ルインに決めてもらいましょう。それが正解よ」

セレネとサシャが揃ってルインの方を向いて、服を出してきた。

「さあ！　ルイン！」「どっちじゃ、ルイン!?」

双方とも目が本気だった。ここにきて「どっちも良いよ」などという中途半端な答えは出せない。そんな緊張感が漂っている。

「え、えーと……ははは」

ルインは引きつった笑みのままで、人生最大の選択肢に頭を悩ませていた。


結局、ルインは店員を呼んで選んでもらったサシャの服を着るという、第三の選択をとった。二人からは「逃げたな」と言われたが、あそこで必要以上に揉めるよりはマシだ。

ルイン達は着替えると、再び街に繰り出した。

「ぬう。なにかこう、落ち着かないのじゃが」

サシャが違和感を覚えるように自身のスカートを翻す。

「その内慣れるわよ。やみつきになってしまうかもね」

そう諭すセレネもまた普段とは違う格好を楽しんでいるようだった。それまでの動きやすさ優先の軽装ではなく、自身が本当に着たい服を身につけられていることが本当に嬉しいらしい。

「そんなわけあるか！　この時間が終わったらすぐに着替えるからな！」

サシャが必死に訴えかけるのをルイン達は生暖かい目で見守りながら、大通りを進んだ。

そのまま通りかかった店を覗いたり、屋台で買い食いをしたりと楽しんでいたルイン達だったが――。

やがて何やら、人だかりに出くわす。中心に居るのは派手な衣装に身を包んだ男だった。彼は幾つもの球を空中に投げては見事なまでに全てを受け止め、また放っている。その度に観衆から拍手が起こった。

「なんじゃあれは。あの男は何をやっておる？」

クレープのクリームを舐めていたサシャが、興味を惹かれたように言った。

ルインは立ち止まって、布で彼女の口周りについたクリームを拭いながら、説明する。

「ジャグリングだな。ああいう風に、普通の人が出来ないようなことを見せてお金を貰ってるんだ。大道芸人っていうんだよ」

大きな街では必ず見かける光景だ。ルインの故郷でもひと月に一、二度、巡業が来て様々な芸で楽しませてくれた。

「ほう。わらわの国にも大道芸人は居たがあのような芸は初めて見るの」

「魔族もああいうことをするヒトがいるのか？」

「うん？　いや、主に人間がやっておった。感化されて学ぶものもいたが、そもそもは魔族にない文化じゃな」

サシャが男の動きに感心しながら答えると、セレネが指先を顎に当てて、首を傾げる。

「そうなんだ。微妙に違いがあるわね。人間に比べると比較的、闘争を好む種族みたいだから、こういう余暇に時間を割く感覚はないのかしら」

「そ、そんなことはないぞ！　単に魔族はあのようにつまらん芸はしないというだけじゃ」

「その割には興味津々という感じだけど」

「き、気のせいじゃ！　絶対完璧に気のせいなのじゃ！」

無理のある誤魔化しを始めるサシャ。

と、そこで、大道芸人は見世物を止めて球を手にもった。次いで自分を取り囲んでいる人々を見回し、ルインと目を合わせると、にっこり笑って手を振る。

「え？　なに？　オレ？」

球を掲げてそちらとルインを見比べていた。なんとなく、君もやってみるかい、と言われているように感じる。セレネも同じことを思ったのか笑みを浮かべて言った。

「いいじゃない。行って来れば？」

「いやぁ、オレに出来るかな。セレネはどう？」

「わたしもちょっと。……そうだ。サシャ、良かったらやってみれば？」

「ん？　わらわがどうして」

「今日は人間と魔族の交流なんでしょう。これもその一環よ」

「むむ。いや、わらわはやらんぞ。斯様なつまらん芸など」

サシャがそっぽを向いて鼻を鳴らしたので、

「……仕方ない。せっかく誘ってくれてるのに断るのも悪いし、オレがやるか」

ルインは歩き出すと、左右に避けた集団の間を通って大道芸人の下へ行く。

球を渡されると、サシャ達の方を向いて構えた。

「ふむ。お手並み拝見といこうか。ま、どうせ失敗するだろうから、セレネ、笑うなよ」

自分が既ににやけながらサシャが注意してくる。性格悪いな、と思いながらルインは緊張しつつ構えた。何度か深呼吸をし、準備を整えて――。

球を、勢いよく投げる。

「お……おお……え……おお!?」

サシャとセレネが目を見張る。

ルインも正直なところ、高度な技である為、初挑戦では無理だろうと踏んでいた。

だが存外と容易く感覚を掴むことに成功し、綺麗な球投げを披露することが出来た。

さすがに長年やっているであろう大道芸人の巧みさには劣るものの、初挑戦でここまで出来れば上等だろう。見ている客たちの間でもどよめきが起こり、やがてルインが最後の球を投げて手に掴んだ後、万雷の拍手が鳴り響いた。

ルインは照れくさく思いながらも観客に頭を下げ、球を大道芸人に返すとセレネ達の下に帰ってくる。

「凄いわね！　あれだけ自信なさそうだったのに！」

セレネが褒めてくるのに、ルインは「いやぁ」と首を傾げつつ答えた。

「自信がなかったのは本当だけどな。まあ、やってみたら案外できたよ」

「ふふ。さすがルインといったところね」

我が事のように誇らしげに笑みを浮かべるセレネに、ルインもつい口角が上がる。

「うぬぬ。ま、まあ、それなりにやるようじゃな。さすがわらわを使役する者と言えよう」

サシャが明らかに悔しそうな顔をしつつも一応認めるのに、ルインは彼女の方を見た。

「サシャもやってみたらどうだ？　そんなに難しくないぞ」

「ぬう⁉　……そうじゃな。お主が出来たのであればわらわなど楽勝であろう。ま、本来であればわらわはこのような下賤な真似はせんのだが、今回、特別に……良いか、特別にだぞ！　やってやろう！」

念を押すサシャにルインが「分かったよ」と微苦笑交じりに頷くと、彼女は足音荒く大道芸人の方に向かった。

球を受け取ると観客に向き直り、最大限に自信たっぷりの表情を作る。

「さぁ、遠くのものは音に聞け、近しいものは刮目して見よ！　わらわが直々に素晴らしい技を披露してくれようぞ！　いざ——参る！」

失敗などするはずもない、そんな雰囲気の中。

サシャは、呼吸を一つし、球を三つ一度に上空に投げた。——そして。

「ぶべっ」

見事に受け止めきれず全て顔面に当たった。

「………………」

第二のルイン誕生かと期待を込めていたその場の観客は、一斉に固まって黙り込む。

「は、ははは。今のはその、遊びじゃ。あまり急に上手くやっても面白くはなかろう。わざと滑稽な姿を見せてやったというわけじゃ。次が本番！」

慌てたように地面に落ちた球を集めるとサシャは再び構えた。

「さぁ、行くぞ！　とうっ——ぼべっ！」

勢いよく投げた結果は先ほどと全く同じである。球は全て容赦なくサシャの顔に直撃した。柔らかい素材で出来ている為、痛くはなかったはずだが、矜持はボロボロにされてしまったはずだ。

「…………ぷふっ」

思わず、といった感じで最初に噴き出したのはセレネだった。口を手で押さえ、顔を背けているが、体はぷるぷると震えている。

「お、おい、セレネ、笑ったらダメだろ。サシャは真剣にやったんだから」

と言ったもののルインも結構な限界に来ていた。今の状態をたとえるならば、激流をかろうじて抑え込む脆い岩壁と同じだ。後一押しあれば容易に決壊してしまう。故に、

「だ、だって、あんなに堂々とやったのに、ぶべって……ぼべって……」

セレネが堪らなくなったように漏らしたその言葉に、負けた。

「ぷっ……い、いや、だから、ダメだってそういうことを言ったら……」

ルインと同じく止めることが出来なくなったのか、次第に観客達に笑いが伝播し始める。

皆、基本的に良い人なのか馬鹿笑いは避けているが、それでもどういう反応をされている

のかは明らかだ。サシャは顔を真っ赤にし、更には次第に少しずつ、震え始めた。

「な……な……」

一気に羞恥が襲い始めているサシャに対して、セレネが告げた。

「だ、大丈夫よ、サシャ。——不器用なのは、仕方ないわ」

本人としては擁護のつもりだったのだろう。

だがルインからするとそれは、死にかけた者に槍を突き入れる行為と同じに思えた。

「——っ！　く……ああ……ぬわああああああああああああ！」

サシャは頭を抱えると、その場に膝をつく。

「ち、違うううううう！　これは違うんじゃああああああああ！」

その体から、薄らと黒い炎が立ち昇り始めた。幸いながら観客たちは笑いを我慢するのに必死で気付いていないが、ルインは不味いと思って駆け出す。

「お、おい、サシャ、やめろ！　こんなとこで権能を使うな……！」

小声で話しかけるとサシャはほとんど泣きそうな顔で首を横に振った。

「と、止めてくれるな、ルイン。無かったことにするには！　あらゆることを無かったことにするには全てを破壊するわらわの力しかないのじゃああああ！」

「わああああああああああ！　よ、よし、移動、今すぐ移動だ、皆！」

ルインはサシャを抱き上げて担ぐと、全身全霊を賭けてその場を逃げ出すのだった。

「お待たせしました！　超特別爆盛限界突破空前絶後なパンケーキで御座います！」

店員が、大盆の上に載った皿を重そうにテーブルに置いた。超巨大なパンケーキの上に小山ほどもあろうかというクリームが乗っけられ、各種の果実でふんだんに飾り付けられており、更には複数の別のケーキまで周囲に置かれている。

「……うわぁ」

ルインは思わず呻きを上げた。

「こ、これ、食べるの？　少し前、あれだけ食べたのに？」

右隣のセレネもまた、信じ難い物を目にしたというように訊く。

「そうじゃ。文句は言わせんぞ。公衆の面前でわらわに恥を掻かせた詫びなのだからな！」

向かい側に座ったサシャはむくれたままで、ナイフとフォークを手に取った。

大道芸人の居た場所から少し離れた場所にある飲食店で、ルイン達は休憩をとっている。

ルインとセレネはサシャを笑ったことに対して誠意を込めて謝ったが、彼女は全く許してくれず――最終的には、たまたま見かけたこの店の特別メニューを頼むことでどうにか怒りの矛を収めてもらうことになったのだ。

「いやまあ、奢るのはいいんだけど。よく食べられるな、そんなもの……体を壊すぞ」

見ているだけで胸焼けしそうだとルインが思っていると、クリームを頬張り満足そうにした後で、サシャがフォークで差してきた。

「知らんのか。甘味は健康に良いからどれだけ食べ過ぎてもいいのじゃ」

「知らなかったけど、魔族の体にはそうなの？」

きょとんとしているセレネに、サシャは蜜たっぷりの林檎に噛り付きながら答えた。

「知らん。今わらわが考えた」

「おい」

ルインの突っ込みもどこ吹く風で、サシャはパンケーキを口いっぱいに詰め込む。

「まあ、いいわ。食べ終わる頃には日も暮れるし、丁度良いでしょ」

セレネが呆れたような顔をしながら、頼んだ紅茶を一口飲んだ。

「ああ。時間が遅かったからあまり回れなかったけど……今の時代の人間の街はどうだった？　サシャ」

ルインの質問に、サシャは考え込むように視線を逸らした。

「ふむ。そうじゃな。わらわが統治していた頃には劣るが、悪くはない。食べ物も美味いしの。この街に魔族も住むことが出来れば言うことはないのじゃが」

「それは……難しいわね。サシャのように一からそういう国を作るのならともかく。魔族へ対する印象は別にするとして、移民が増えるとそれだけ住民への負担も大きくなるのよ」

セレネが言うと、サシャはフォークを咥えたままで腕を組む。

「分かっておる。物資の消費や異種族間の生活習慣の違い、あらゆる面における増税の可能性から、それに住む土地のこと等々、問題は山積みじゃ。わらわの時代とて、その辺りは長年をかけて調整してきたのじゃ」

「そうか。王様ってそういうこともしなきゃいけないんだよな」

国全体を管理するというのは並大抵の役目ではないのだろう。まして、二つの種族が一緒に暮らしているのだから、その難しさはルインに到底想像できるものではない。

「ねえ……訊いてもいいかしら。サシャ、あなたはどうしてそこまでして、人間と魔族が共に暮らす国を作ろうとしたの？　何かきっかけがあったのかしら」

セレネの質問に、サシャはフォークを置いて、俯いた。

「ああ、いえ、もちろん、言いたくなければ言わなくてもいいんだけど……」

気遣うセレネだったが、サシャは首を振り――やがては、再び話し始める。

「いや、いずれ話そうとは思っておった。特にルイン、お主にはな。昔……わらわが拾って一緒に暮らしていた女と出会ったことが全ての始まりじゃ」

「拾った？　人間を？　……どうして捨てられてたんだ？」

「子細は知らん。興味も無いから訊かなかった。じゃが、察するところ、親か何かに見放されて流れるままに生きておったのだろう。ふらふら歩いていて、倒れていたところを部下が見つけて連れて来た。人間側の間諜かもしれぬから殺さずにおいた、とな。それで起きたところで問い質したが、まるで生きる意味を失っているかのように無気力で、まったく要領を得なかった」

それでサシャはとりあえず、少女がある程度元気になるまで世話をしたのだという。

だがその内に彼女が間諜などではなく、それどころか帰るところもろくにない人間だと知った。

「人間と話す機会など滅多にない。そこで色々と情報を仕入れる為にわらわはその女と深く接した。それで……紆余曲折ある内に、まあ、なんだ。親しくなった」

少女もまたサシャに懐き、やがて彼女はルインと同じく、魔族にも良い者と悪い者がいて、人間と変わらないことを悟ったのだという。

「そのまましばらくしたある日、そやつが言ったのじゃ。人間と魔族が一緒なら、分かり合えば仲良くなれる、とな」

サシャは、暮れかける紅の空を見上げた。

「わらわは大いに驚かされた。そのような発想を抱いたことはなかったからな。ルイン達がかつてそうであったように、わらわもまた、人間は女神によって不要と判断された魔族達を敵視し、余さず駆逐しようとしている種族であると思っておったのじゃ。じゃが、あやつは言いよった。なら――あなたは私のことを今でも敵だと思うのか、と」

　その時、サシャは、虚を衝かれたような気持ちを味わったという。

「お主だけが特別ではないかと言うわらわに、あやつはそんなことはないと言い切った。時間はかかるかもしれないが、互いのことを知れば、いつか人間と魔族は手を取り合えると。お願い、と必死で頭を下げるあやつの望みを……わらわはついに、受け入れた」

「それで、人間と魔族が共に暮らす国を作り始めたのか」

「大義があったわけでもない。成功するかどうかも分からんかった。しかし……わらわは、あやつの笑顔が好きであった。夢を叶え、あやつがずっと笑っていられるのであれば、それも悪くはないと思ったのじゃ」

　ルインに答えて、サシャは微笑んだ。昔のことを、思い出すように。しかし、

「そうだったの。それで、その、その子は？」

「――死んだよ。勇者達の襲撃に巻き込まれてな」

　サシャは目を伏せてセレネへ端的に答えた。素っ気無い物言いだが、その裏には彼女の

哀切が込められているようにルインには思える。

「あ……ご、ごめんなさい。余計なことを」

「構わん。もう昔の話じゃ。だが、あやつはいないが、あやつの夢までは消えていない。わらわは今度こそ、約束を果たすつもりじゃ。それが……王としての務めであるが故な」

「そう、か。……じゃあ、オレもその子の為にも頑張らないとな」

ルインが強い決意を固めて告げると、サシャは、ふっと笑い――頷く。

「……ぬう。何か辛気臭い空気になってしもうたな。わらわはもっと明るい方が好みじゃ。何か面白い話をせよ、ルイン」

次いで重い雰囲気を払拭するように、サシャが無茶な振りをしてくる。

「藪から棒に言われてもなぁ。……ん？　どうかしたのか、セレネ」

何か考え深げに黙り込んでいるセレネにルインが尋ねると、彼女は「ううん」と首を横に振った。

「なんていうか……交流会をして良かったなって」

セレネはサシャの方を見て、

「少し前に言ったけど、わたしはルインから魔族についてのことを聞いても、まだ半信半疑だったの。でも……一緒に過ごして、サシャのことを見ていたら、本当に人間と変わらないんだもの。可愛いと言われれば照れるし、珍しい物を見れば興味が引かれるし、失敗して笑われると怒る。美味しいものを食べれば顔を綻ばせるし、お腹が一杯になると嬉しい。それって、わたしやルインと同じよね」

「……ああ、そうだな」

セレネに理解して貰えたことがこの上なく嬉しくて、ルインは口元を緩めた。

「ふん。……まあ、わらわもそれは同じじゃった。国を作るに当たり、少しずつ、人間も案外と悪い奴等ばかりではないのかもしれぬ、と思い始めたのじゃからな」

「そう。なら……うん、改めて、握手してくれないかしら」

席から立つと、セレネはサシャに手を差し出す。

「わたし、誤解を認めるわ。ごめんなさい。魔族の中にもあなた達のようなヒトがいるのだとしたら、一緒に暮らすこともできるかもしれない。だから、手を結びましょう」

「……よかろう」

サシャもまたテーブルに身を乗り出すと、セレネの手を握って振った。

「ルイン、わたしもあなた達の目的に協力するわ。いいかしら」

「あ――ああ、もちろんだ。君がいてくれると心強いよ！　ありがとう！」

思わぬ申し出に立ち上がると、ルインはセレネの肩を掴んだ。彼女は何故か照れるように頬を染めながら頷く。

「う、うん。いいのよ。でも、あの、ちょっとルイン、顔が近い……」

「あ、ああ。ごめん、嬉しくてつい」

慌てて離れると、セレネは何かを誤魔化すように咳払いした。

「と、とにかく！　今日は休んで、明日から頑張りましょう！」

セレネが言って、ルイン達もまたそれに同意する。

こうして人間と魔族の交流会は、予想以上の成果を上げて終わったのだった。

後はたっぷりと休んで明日に備えるだけ——のはずだったのだが。

「おい、ルイン！　入るぞ！　暇だから話でもしよう！」

夜半過ぎ。日も落ちた為、街を出るのは明日にし——ルインが泊まった宿の部屋にあるベッドでくつろいでいると、突然扉を開けてサシャが姿を見せた。

「明日も早いんだから、もう寝ろよ……」

「寝れんから来たのだ!!　それくらい察しろ！」

滅茶苦茶なことを言ってサシャはずかずかと部屋に入ってくると、ルインのベッドに上がって胡坐を掻いた。

「まあ、別にいいけどな。……でも、なんていうか、もう少しましな格好なかったか？」

ルインは目を逸らしながら、サシャを指差す。

今の彼女は上が薄手(うすで)のシャツ一枚のみ、下は小さな下着のみとなっていた。滑(なめ)らかな肌(はだ)をもつ太ももが剥(む)き出しになっていて目のやり場に困るし、かと言って視線を移動すれば豊満な胸が目に入る。生地(きじ)を大きく盛り上げる双球ははっきりとした谷間を作り、少し動くだけでその大部分が見えてしまいそうだ。

「んん？　別に寝る前なのじゃし、変な格好では……ははーん」

そこで何かに勘づいたかのようにサシャはにやりとした。

「さてはお主、わらわに欲情したな？」

「しっ、してないけど!?　しないに決まってるけど!?」

不味いと思ったが指摘(してき)されると体の温度が一気に上がった。顔全体が熱くなる。

「くく、初心(うぶ)な男よ。どうせお主、男女の営みなど経験した事がないのじゃろう」

「そ……それは、まあ、ないけど……」

ルインの歳で異性と性交したことのある人間も、居るには居たが、まだ少数だった。それ故に特に意識することもなく過ごしていたのだが――。

「妙だと思っておったのだ。今のわらわはお主に飼われているも同然。それなのに一度もそういった行為を命じてこなかったからな。魔族相手だとその気になれんのかと思っていたが……なるほど。経験が無さ過ぎて思いつかなかったか」

「お……思いついたとしてもやらないって、そんなこと！　そういうのはちゃんと双方の同意を得てから」

「つまらぬことを言うでない」

ルインは言いかけたところで強い力で押し倒された。サシャが腰の辺りに乗ってくる。彼女の臀部がまともに股間に当たっていて、心臓がうるさい程に鳴り始めた。

「もののついでだ。お主の守り通していたものをわらわが奪ってやろう」

「は、はあ!?　いやいやいや！　待てって！」

「有難く思うが良いぞ。魔王時代にはわらわがその気になる男などいなかったのだからな。だが、まあ、お主のことは存外に気に入っておる。特別に快楽を与えてやろう」

言ってサシャがルインの服をまくり上げ、露出した肌に指を這わせて来る。くすぐったいような、気持ちの良いような、妙な感触にぞくりと肌が粟立った。

「だ、だからやめろって……というか、その気になる男が居なかったのなら、サシャも経験ないんじゃないのか？」

「…………。細かいことは気にするな」

長い間があった後、サシャは改めて自分のシャツの裾に手をかける。服を脱ごうとして

いるのだと気付いてルインは一層慌てた。

「おい！　本当にダメだって！　一回落ちつけ!!」

「安心せよ。お主に比べれはわらわは十分に落ち着いておる」

上気した肌を晒しながら、サシャは妖艶な笑みを浮かべる。

「さて、魔王とのめくるめく夜、楽しむが良い」

そのまま彼女は、シャツを脱ぎ捨てようとした――。

「ちょっ――なにをしているの、あなた達は――ッ！」

瞬間、部屋中、いや、宿中に響くのではないかと思うくらいの怒号が響き渡る。

動きを止めたサシャが振り返った。ルインも入り口に目をやる。

そこには、見たこともないほどに眉を吊り上げたセレネが立っていた。

「さっきから大声がするから何事かと見ていれば！　は、は、破廉恥な！」

魔族の王であるサシャですらたじろぐほどの迫力で、セレネは部屋の中に入ってくる。

「ま、待て、セレネ！　これには訳があってじゃな！」

「黙りなさい！　魔族とも仲良くやれそうだなって思った矢先にこの様なわけ!?」

「……え、えーと、じゃな」

サシャは脂汗を流しながら、事態を打開しようとするかのように、告げた。

「その、セレネも、参加するか？」

——逆にセレネのとてつもない怒りが爆発したのは、言うまでもない。

「だ、だから、誤解なんだよ、セレネ」

次の日。宿を出て広場へと向かいながら、ルインは必死で説得していた。昨日の夜から数えると、何度目になるだろうか。

「サシャは悪ふざけをしようと思っただけで、まさか本当にやるつもりなんて」

なぜ被害者である自分がサシャを庇うような真似をしなければならないのかと思ったが、人間、自分よりも遥かに憤っている者を見ると逆に冷静になってしまうものである。

「そ、そうじゃ、そうじゃ。別に本気になっていたわけでは……まあ、あの、ないと言うといささか語弊があるというか……わらわも全てをふざけてあのようなことをやるわけではないというか、あの」

「ちょっと⁉　君がそこで同意しないと話がこじれるんだが⁉」

「し、しかし、誰彼構わず肌を晒すような恥知らずの女だと思われてもじゃな！　わらわもヒトは選んでおるわけじゃし、選ぶには選ぶなりの理由があって、そうでなければ魔王としての品格がじゃな」

「品格のあるヒトが男を押し倒したりするか⁉」

「それとこれとは別の問題でじゃな⁉」

ルインがサシャと言い争っていると、間もなく、大きなため息が聞こえて来た。

「……はあ。分かったわよ。ちょっとルインが可哀そうになってきたから、許してあげる」

広場に着いたところで、ようやく、セレネは溜飲を下げてくれたようだ。ルインは救われた気持ちになった。

「でも、サシャ、二度とルインに手を出さないでね。ルインも、ああいう時は躊躇わずに命令すること！　何の為の魔王使いの力なのよ」

尤もな話だ。ルインは反省して項垂れた。

「むう。昨夜は、まあ、やり過ぎたとは思うが。しかしルインに手を出すなとセレネ、お主が強制する権利はないのではないか。お主はルインと恋仲にあるわけではないのじゃろ？　であれば、ルインが誰とヤろうが複数の女を囲ってやりたい放題酒池肉林を展開しようが、こやつの勝手だし、誘うのもわらわの勝手じゃ」

サシャの言葉に、セレネは「うっ」と押し黙る。正論だと思ったのかも知れない。

「……ま、セレネがルインを独占したい気持ちは分かるがの」

が、サシャがぽつりと漏らすと彼女は「は、はあ⁉」と再び舌戦を開始した。

「べ、別にそんなことないけど⁉　どうしてそうなるの⁉」

「しかし先程の言い方じゃと、自分の好きな男が他の女にとられるのは我慢ならないと聞こえるのじゃが。じゃが！　良くないぞ。男を拘束する女は嫌われるのじゃ」

「こ、拘束するつもりなんかないわよ！　あ、あなたがその気もないのにルインを襲おうとするからわたしは！　それともあなた、ルインが好きなの⁉」

「は、はあ⁉　別にそんなことはないが⁉　微塵もそのようなつもりはない故にどうしてそう思うのか謎でありつまりはそのようなことはないが⁉」

「だったらあんなことはもう二度と――」

二人のやりとりを眺めながら、ルインは凄まじい気まずさを味わう。周囲に居る住人や冒険者達が何事かと好奇心を剝き出しにして眺めてきていた。

（うう。誰かこの状況を何とかして欲しい……）

という、ルインの願いをアルフラ神が聞き届けてくれたわけではないだろうが。

「……あの。もし。ルイン＝シトリー様で御座いますか？」

不意に声をかけられて、ルインは振り返った。

初老の男が一人、立っている。身に着けているのは上等の生地を使った燕尾服だ。

「ええっと、はい、そうですが」

ルインが頷くと男はほっとしたように笑みを浮かべた。

「良かった。まだこの街に滞在しておられたのですね。申し遅れました。私、この街にお住まいの領主様に仕える執事の、セリオットと申します」

慇懃な態度で頭を下げるセリオットに、ルインも慌てて同じ仕草に倣う。

「ギルドよりストーム・ドラゴンを倒した冒険者がおられると報告を受け、探しておりました。何分、お姿を伝聞でしか知らず、お時間がかかりましたことをお詫び致します」

「いえ、それは構いませんが。領主様の執事さんが、オレに一体なんのご用です？」

「はい。兼ねてよりあのストーム・ドラゴンの被害には旦那様も心を痛めておられまして……それが倒されたことに安堵すると共に、ルイン様に是非とも解決して頂きたい問題があると仰られまして」

「領主様が直々に、ですか。なんだか緊張しますが」

「はい。実は——さる魔族を倒して頂きたいのです」

思ってもみない言葉にルインが眉を顰めると、セリオットは深々と頷く。

「もしお受け下さるのであれば、これからお屋敷にご案内致しますので、そこで旦那様から直接お話を聞いて頂けると非常に助かります」

「おい、セレネの時もそうじゃったが、ルインにばかり確認をとるな。ストームなんとかはわらわも共に倒したのだぞ」

サシャがルインとセリオットの間に入って、不満げに腰へ両手を当てた。魔族の話と聞けば大人しくはしていられなかったのだろう。

「左様でしたか。大変申し訳ありません。あなた様のお名前は？」

「サシャじゃ。よきにはからえ」

「ではサシャ様、あなた様にもお願い致します。旦那様のお話を聞いて頂けませんか」

「ふむ……。まあ、受けるかどうかは内容次第じゃな。どうせ、今すぐにやらなければならないこともない。のう、ルイン？」

サシャの問いかけに、ルインはどうしたものか、と考え込む。

自分には、現魔王より先にサシャ以外の魔王を解放するという目的がある。

しかし現状、サシャを除き全部で六人いる彼らが封印されている具体的な場所は判明していなかった。サシャの言う通り、そういう意味では、何が何でも優先すべきこと、というものはない。また倒すべき魔族というのが現魔王派であるにしろ、違うにしろ、放っておくわけにもいかなかった。ただ――。

「条件が一つだけあります。もし依頼を受けて解決した場合、報酬は頂きたいんです」

「え？　ええ、もちろんです。そちらがご満足頂けるだけのものをご用意するつもりです」

「では、それを何にするかは、こちらに決めさせて頂けますか」

ルインが口にした言葉に、セリオットは目を瞬かせた。

「それは……物にも依りますが」

「情報が欲しいんです。かつて封印されてきた魔王に関するものでしたら、なんでもいい」

これだけ大きな街に屋敷を構える領主だ。王城関係にも伝手くらいはあるだろう。

はっきりしたものでなくとも、魔王の封印された場所に関することが少しでも分かれば随分と助かる。そう思ってのルインの要求に、セリオットは少しの間、黙り込んでいた。

だがやがて「……承知しました」と口を開く。

「旦那様はリステリアを含めた各国の貴族に何人か、顔見知りがおられます。彼らを通じればある程度の情報は手に入れられるかと。私からもお願いしてみます。……ですが、どうして魔王のことなどを？」

「まあ、色々とありまして」

さすがに正直に言うわけにはいかずルインは言葉を濁した。

するとセリオットは事情があることを悟ったように、「立ち入ったことをお聞きし申し訳ありません」と頭を下げ、それ以上追及してこなかった。

「オレの条件を受けてくれるなら、領主様のご依頼もお受けします。サシャもいいよな？」

ルインが振ると、サシャは「うむ。よかろう」と威厳たっぷりに腕を組んだ。

「左様で御座いますか。承知いたしました。では、まずお屋敷までご案内致します」

「ああ、その前に。セレネ、良かったら、君も協力してもらえないか？」

先程まで横でルイン達の会話を聞いていたセレネは、予想外のことを訊かれたというように「え？」と高い声を上げた。

「魔族相手だ。何があるか分からない。対処できる人は一人でも多い方がいいと思う」

「で、でも、ルインとサシャがいれば何とかなるんじゃないかなって思って、わたしは遠慮しようと思ってたんだけど。二人とも、わたしよりずっと強いみたいだし……」

「もし、相手が現魔王派であり、戦いを余儀なくされた場合――広範囲に亘って対応することが出来るセレネが居てくれた方が助かるんだ。君の力が必要なんだよ」

「そ、そうかしら。うん。えっと、ルインがそう言ってくれるなら、わたしも手を貸すわ」

何故か頬を赤く染め、俯きながらも、セレネは首肯する。

「力が必要、なんじゃからな。力が」

念を押すように言うサシャに、セレネは「分かってるわよ！」と焦ったように返した。

「セリオットさん。セレネは賢霊王といって、精霊使いのハイレア・ジョブを持っている凄い力の持ち主です。きっと依頼を解決するのに心強い味方となってくれると思います。

一緒に行ってもいいですか？」

「ええ、もちろんです。大変に助かります。……では、ルイン様、サシャ様、セレネ様。こちらへどうぞ」

セリオットは丁寧に一礼すると、ルイン達を案内する為に、前を歩き始めた。

中央広場を抜けると馬車が待機しており、それに乗って、真っ直ぐ続く大通りを行くこと十数分。緩やかな坂の上、高い鉄柵の門の奥に、立派な建物があった。

大きさだけで言えばサシャの城の方があるものの、威風という点では負けていない。何人もの庭師によって飾り立てられた庭も美しく、領主のこだわりが感じられた。

「むむ。随分と生意気な家に住んでおるわ。わらわの城より綺麗なのがなっておらん」

サシャが気に入らないというようにケチをつける。

「サシャの城も建て直せば負けないくらいになるって」

ルインが慰めている間にも、セリオットは門の前に立っていた番人に入り口を開けてもらうと、そのまま屋敷へと入っていった。ルイン達も続いて屋敷内へと足を踏み入れる。

「おい、ルイン。この壺、中々良い意匠だぞ。持って帰ってわらわの城に飾ろう」

「こら。物騒なことを言わないように。冗談ですから」

セリオットがわずかに警戒するように見てくるのにルインは慌てて言った。

彼と共に二階へと上がり、廊下を進むと突き当りの大きな扉を叩く。

「旦那様。ルイン様がお話をお聞きしたいと参られました」

「入ってくれ」

領主の返事に執事はノブを回して扉を開くと、自らは壁際に引いた。

ルインが入ると、調度品が嫌味なく置かれた広い室内の中央に長いテーブルがあり、その一番向かい側に壮年の男が座っていた。恐らくは彼が領主だろう。

男は席を立ち、ルインに向かって深々と頭を下げた。

「お初にお目にかかります。私はレーガン。この辺り一帯を治めている者です」

「初めまして、ルインです。後ろの二人はサシャとセレネ」

ルインが同じ仕草で返すと、レーガンは顔を上げて柔らかな笑みを浮かべた。

「宜しくお願い致します。無理な頼みを聞いて頂き、本当に助かりました。まずは、ストーム・ドラゴンを討伐して頂いたこと、深くお礼申し上げます」

「いえ。ギルドからの依頼を受けただけですので」

「しかし報告によれば、たったお二人で倒されたとか。あの【聖刃の剣】と呼ばれた勇者クレスが率い、【賢姫】のセレネ、【不動の盾】ヴァン、【永恵なる御手】メアなどそうそうたる面々で構成されたパーティですら撤退を余儀なくされたというのに、恐るべき強さですな」

「ああ……えっと、その話はちょっと」

隣に当事者の一人が居る分、あまり展開させるわけにはいかないだろう。

だがルインの気遣いにセレネは笑みを浮かべた。

「いいのよ、ルイン。クレスやわたし達が勝てなくて逃げたのは事実なんだから」

「……と、申しますと、まさかそちらのお嬢様は勇者パーティの一員ですか」

「はい。先ほど挙げられた名の中にありました、セレネと申します」

「ええ!? で、では、あなたが、あの!?」

驚きのあまり声を上擦らせたレーガンに対し、セレネは微笑む。

「そうです。ですが、ルインはわたしやクレスよりずっと強い冒険者です。いえ――恐らくは、他のどの冒険者よりもずっと」

確信めいた口調で告げたセレネに、ルインは、参ったな、と頭を掻いた。

彼女が世辞で言っているわけではないというのは、長年の付き合いで分かる。分かるからこそ、こうも真正面から言われると、どうにもむず痒くなってくる。

「それは凄い！ ……これは希望が持てますな」

「それで？ 魔族を倒して欲しいとのことだったが？」

サシャが並んだ席の一つに腰かけた。更には足を出してテーブルの上に乗せる。

「こら、行儀が悪いぞ！」

ルインが叱ると、「むう。いちいち細かいのう」と言いながらもサシャは足を引っ込めた。

「すみません。色々と礼儀がなってなくて……」

何しろ魔王だから、と胸中でのみ続けたルインにレーガンは笑みと共に首を横に振る。

「構いません。どうぞくつろいで下さい」

領主という立場ながらレーガンはかなり出来た人物のようだった。一介の冒険者に過ぎないルインや、何者か分からないサシャにまで敬意を払っている。

ルインが恐縮しながらセレネと共に席に着いたところで、レーガンは改めて座り直し、話を切り出した。

「さて……まずは詳しいことをお話し致します。この街は度々、ここから北に数キロほど行った場所に拠点を構えた魔族の襲撃を受けているのです。幸いながら今のところ、死者は出ていませんが、倉庫を襲われ備蓄していた物資を強奪されました。その際に警護をしていた兵士も傷つけられています」

「ふむ。逆を言えば、兵士以外は傷つけられていない、ということですか？」

セレネが首を傾げると、レーガンが意表を突かれたというような顔をする。

「……言われてみればそうですね。目撃者が大勢いますが、一般市民で怪我をした者はいません。ですが一カ月分の物資を繰り返し奪われておりますので、さすがにこのまま放置は出来ないと思いまして」

「ギルドに依頼は出したんですか？」

ルインの質問にレーガンが軽く顎を引いた。

「はい。ですが討伐に向かった冒険者はいずれも返り討ちに遭いまして。兵士同様、亡くなった者はおりませんが、皆、大怪我をして這う這うの体で帰ってきました。そのせいか噂が広まり、受けてもらえる人がいなくなり……。こちらとしましても無用の被害を出すのは良くないと、一旦依頼を取り下げ、国に助力を要請しようかと考えていたところです」

「なるほど。そこでオレ達のことを聞いて、ということですか」

「はい。国に願ったところですぐに聞き入れてくれるとも限りませんから。その間、現状を放置したままでは住民達の不安は一向に消えません。それに……」

言い淀んだレーガンを、ルインは「……それに？」と促した。

彼は躊躇うように一旦、口を閉ざすが――やがて、再び喋り始める。

「はい。私事ではあるのですが……どうやら、娘がその魔族に攫われたようなのです」

「ええ⁉　確かなんですか⁉」

「ええ。少し前、ある街に買いたいものがあると、娘のアンナは護衛を連れて馬車で外に出ました。しかしいつまで経っても帰って来ず、不審に思って兵士に探しに行かせると、街の近くで壊れた馬車を見つけたそうです。傍には護衛である兵士の死体と、魔物の爪らしき痕だけがありました」

それは確かに誘拐の可能性が高い。ルインが深刻な表情を作ると、レーガンは手を組んで、弱々しい声を出した。

「ひょっとすれば魔族は娘を人質にして、もっと物資を寄越せと迫るつもりかもしれません。助けに行きたいのですが、この街の守りのことを考えると、容易に兵を出すわけにはいかず……」

「それは、不味いですね。早く助けに行かないと」

セレネが頷くと、レーガンは立ち上がり、再び深々と頭を下げる。

「お願いです。魔族を倒して下さい。私に出来ることであれば御礼はなんでも致します」

そこで、「失礼致します」とセリオットが部屋に入ってきた。レーガンの傍まで寄ると、耳打ちする。彼はしばらくしてから、「分かった」と頷いた。

「封印された魔王の情報を知りたい、とのことでしたね。お受け致しました。私の出来る範囲で情報を手に入れ、お渡ししましょう」

「ありがとうございます。オレの方も、もし本当に魔族がそんなことをしているなら、放っておくわけにはいきません」

話が通じない相手であれば、強引に止めることも止む無しとなるかもしれない。ルインは覚悟を決めて請け負った。

「オレがやります。任せて下さい」

レーガンはテーブルをわざわざ回ってくると、ルインの手を強く握りしめた。

「ありがとうございます……！　馬車屋に行ってルインさんの名前を出せば、いつでも魔族の拠点まで向かってくれるよう、今すぐ手配します」

「助かります。では、また後程、結果をご報告いたしますので」

ルインはその後、レーガンや屋敷の者達から丁重に見送られながら、屋敷を出る。

「……すまない、サシャ、場合によってはかなり手荒なことになるかもしれない」

街の広場まで来たところでルインが言うと、サシャは肩を竦めた。

「気にするな。相手が現魔王派か、あるいはそれとは別に個人でそういったことをしているのかは分からぬが。罪を犯した者を罰するのは人も魔族も同じじゃ」

「……もし娘さんが人質にとられているのだとすれば、動くのは早い方がいいわね。今すぐ行きましょう」

セレネの言葉に、ルインとサシャは同時に頷いた。そのまま、ルイン達は街の入り口で領主の用意した馬車に乗ると、魔族が住むという場所まで出発した。

さすがに拠点の近くまでは行けない為、少し離れたところで降りる。

帰りは歩きで良いと断り、馬車を帰らせた上で、改めて拠点を目指し始めた。

しばらくして目の前に現れたのは、古びた建物が幾つも並ぶ集落である。領主によると以前は小さな村だったが、病が流行り多くの住民が亡くなったのだと言う。残った者も治療の為に離れた街に移った為、そのまま廃れてしまったのだ。

そこを魔族が占拠して住処に使っているというわけである。

集落に近付くにつれ、入り口に数人の魔族が立っているのが見えた。傍らには魔物の姿も見える。家畜化して飼っているのだろう。

「それで……どうするの？　何処かから忍び込む？」

セレネが訊いてくるのに、サシャがふてぶてしく鼻を鳴らす。

「そんなことをする必要はあるまい。――真正面から堂々と行くぞ」

「え!?　ちょ、ちょっと、サシャ！」

セレネが止めようとするが耳を貸さず、サシャは先行して進んだ。魔族達は彼女の存在に気付いて声をかけて来る。

「おい！　お前、人間か？　何の用だ!?」

「わらわは魔族。死の魔王サシャじゃ。ここの頭領に会いに来た」

「お前が魔族？　ふざけるなよ。見た目のどこも人間と変わらないじゃねえか」

魔族の指摘にサシャは口元を引きつらせる。が、彼女が髪を掻き分けて見せると、頭頂部付近から生える小さな角に魔族達はどよめいた。

「なるほどな。随分と小さいが……まあ、いい。だが、後の二人は人間だろう。どうして魔族が人間と共に居る」

「お主らに話している暇はない。頭領を連れてこい」

「ふざけないでよ。さては……あんた、人間なのに魔族の振りをしているんだね？　あたし達を騙すつもりだろう！」

女性の魔族が指を差してくるのに、サシャはため息をついた。

「わらわがそんな間の抜けた作戦をとるか。全く、最古の魔王というのも考えものだな。誰一人として覚えておらん」

「出て行け、人間！　少しでも動けば痛い目に遭うぞ！」

「そういうわけにもいかないんだよな……。通してくれるか？」

ルインはサシャの隣に並ぶと口を開いた。

「ほざけ！　やれ——ッ！」

瞬間、一人の魔族が叫ぶと、魔物がルイン達に向かって走り、他の者達は一斉に権能を発動した。炎を放出し、氷の礫を生み出し、髪の毛から針のようなものを幾つも射出する。

「ああ、もう！　話が通じないわね！」

セレネは杖を地面に突き刺すと、精霊術を行使した。疾風が渦巻きルイン達を膜のように囲い、全ての権能を無効化し、魔物の侵入を拒む。

「面倒だ。こやつらを一旦、無力化するぞ！　絶望破壊（グラン・ディスティア）！」

腕を交差し解き放つと、サシャの体から黒い炎が噴き出した。

「力は極限まで抑えてやる。少し眠っていろ！」

サシャが手を振るい、黒焔を魔族達にぶつける。轟音と共に彼等は吹き飛ばされたがその体は朽ちず、全身に激しい打撃を受けたかのような痕をつけ、そのまま気を失った。

事は済んだが、事態は不味い方へと向かう。騒ぎを聞きつけた魔族達が集落の奥から駆けつけて来たのだ。

「ぬう。こうなればルイン、一気に切り抜けるぞ！」

「——仕方ないな！　魔装覚醒！」

炎から前衛武器である長剣を取り出すと、ルインは駆け出した。後ろからサシャ達もついてくる。次々と向かってくる権能を剣で消し飛ばし、魔族や魔物を、巨大化した刃によって次々と退けていった。サシャ達もまた炎や精霊術を使い、全てを倒していく。

集落に悲鳴と怒号が飛び交い、あちこちで爆撃が発生した。

「なんだこいつらの力は……!?」

「いいから押すのよ！　数で押せばいいわ！」

魔族達はめげずにルイン達の進む道を塞ぎ、戦い続けるが、魔王と魔王使い、それに賢霊王の力を前にはなす術もない。瞬く間に全てが倒され、やがては最奥への侵入を許した。

そこには――元は村長宅だったのだろうか――他よりも大きい家を前にして、十数人ほどの魔族が居る。

一番先頭に居るのは、猫を思わせるような顔をした魔族だった。身に着けた衣服と鎧の間からは、豊かな毛の生えた腕と脚が見える。俗に獣人系と言われる魔族で、動物のように優れた身体能力を有していることが特徴だった。

(彼が魔族の頭領か……)

ルインが剣を持ったままで警戒していると、部下達に囲まれて座り込んでいた魔族は、おもむろに立ち上がった。

「騒がしいと思ったら、随分と派手にやってくれるじゃねえか。なんのつもりだ、人間」

「……オレはルイン。君達はウルグの街を襲ったそうだな。本当か？」

ルインの問いかけに魔族は一瞬、目を逸らす。だがすぐに視線を戻すと、

「まあ……そうだ。だとしたらなんだ？」

「街の人達が困っている。やめてもらえないか」

「なんで、てめえにそんなことを言われなきゃならねえ」

「領主さんから依頼を受けて来た。街の襲撃を止めてもらえないと、君達を傷つけなければならなくなる」

「はっ――聞いたかよ、お前ら。人間がおれ達を傷つけるとよ」

頭領が振ると、部下達は揃って薄笑いを浮かべる。

「実際にわらわ達はここまでにお主の部下を倒してきた。嘘ではないと分かると思うが」

サシャが首を傾げると、頭領は吐き捨てるように言う。

「ああ、そうだ。だが、そう言われてはいそうですかと大人しく従うほど、おれ達は臆病者じゃないんでね。そんなものが脅しになると思っているとは馬鹿馬鹿しいってことだ」

「なるほどの。……お主、名は？」

「キバだ」

「ふむ。ではキバ、一つ訊く。お主は現魔王に従う者か。それ故に人間の街を襲って物資

を奪ったのか」

サシャの質問にキバは眉を顰めた。だが、間もなく首を横に振る。

「違うね。そういや何回か仲間に入れと迫ってきた奴らはいたが、全員、追い返した。おれは強い奴は嫌いじゃないが、顔も見せずに命令してくるような野郎は気に入らねぇ」

「……そうか。ならばお主とは話し合いの余地があるかもしれぬ」

音を立て、サシャが外套を大きく手で払う。彼女は胸を張り、威風を以て宣言した。

「聞けぃ。我が名はサシャ。最古にして最強の【死の魔王】である。お主らが降伏するのであれば、これ以上の手は出さぬ。大人しく従うが良い！」

魔族達の間に沈黙が漂う。だが彼らはすぐに、それぞれがけたたましい声で笑い始めた。

「死の魔王、ね。聞いたことはねぇな」

キバもまた口元をにやつかせており、それを見たサシャは悔しげに拳を握り固める。

「ぐぬぬぬぬ。またもか！　わらわの時代であれば不敬罪でこう、なんか、とんでもない罰を与えるところじゃぞ！」

「ふん。それに、悪いがてめえが魔王だろうとそうでなかろうと、おれは従うつもりはねえよ。おれにとっちゃ重要なのは相手が強いか弱いかだけだ。強けりゃ従うし弱けりゃ徹底的にぶちのめして身の程を分からせる。難しいのは嫌いだからな。それで十分なんだよ」

キバは誘うように顎を反らし、ルイン達に言った。

「おれを説得するのに権威も理屈も通じねえ。命令したいなら戦って屈服させてみな。そうすりゃ人間の言うことだって聞いてやるよ。……ま、出来れば、の話だがな」

キバが視線で合図すると、部下達は彼から離れて散り、戦意を以て身構える。

「話し合いも出来ないっていうの？　随分と野蛮なのね」

呆れたようなセレネの言葉に、キバは尖った歯を剥き出しにして笑った。

「野蛮上等。おれはずっとそうやってのし上がってきた。お上品な人間のくだらねえ話なんざ、端から聞く耳もっちゃいねえんだよ！」

「……ふん、まあ、良い。先ほどのわらわに対する態度は許さんが、お主のような輩は嫌いではないぞ」

サシャが楽しそうな口ぶりで、両手に炎を宿す。

「……どうしてもやるのか」

ルインの問いかけに、キバは深く頷いた。

「ああ、そうだ。調子に乗るなよ、人間。今までここに来た奴等は他にも居た。だが全員揃って惨めに返り討ちよ。偉そうにしていた奴も自信満々の野郎も、全て泣きっ面さらして帰っていった。てめえもすぐにそうなる！」

極めて好戦的な表情を浮かべながら、キバは高々と吼える。

「さぁて、祭りを始めようじゃねえか、人間！」

キバが手を挙げると、彼の後ろに居た部下達が一斉に攻撃を仕掛けて来た。

だが、直後に彼らの前に闇を宿した炎が高々と燃え上がり、地面が炸裂する。大半が即座に反応しかわしたが、何人かはキバの後ろまで吹き飛んでいった。

「ルイン！　手下はわらわとセレネに任せよ！　お主は頭領をやれ！」

サシャ達が魔族達の方へと向かうのを見て、

「ああ、分かった！」

ルインは答えると、炎が消えた瞬間にキバを目指して突っ込んでいった。

そのまま剣を振るうと、キバは素早くかわし、後方へと引く。

「なんだ、相手はてめえ一人かよ。嘗められたもんだな。それにあいつらはおれ直属の部下だ。わずか二人でやれると思ってるのか？」

「ああ、思ってる。サシャ達は強い。君が思ってるよりずっとな」

「……へえ。大した自信だ。だったらてめえはどうなんだ。おれを満足させてくれるのか？」

「さぁな。まあ、やれるだけやってみるさ」

ルインが念じると得物の刃に炎が宿る。使い手の意志を顕わすように猛々しく、轟々と。

キバがルインの答えに、歯を見せて挑戦的に笑った。

「はっ――そうかい。てめえが今までの人間と違うことを祈ってるぜ！」

キバが両手を振るうと、その指先にあった爪が大きく伸びた。さながら長剣の刃を思わせるように湾曲し、その先端を鋭く尖らせる。

「喰らいな、小僧！」

疾走、接近してきたキバが爪を薙いだ。ルインは体を沈めて後ろに跳び、攻撃の範囲から逃れた――はずだった。

「……っ⁉」

腹の辺りに鋭い痛みを感じて見下ろすと、身に着けていた衣服ごと下の肌まで切り裂かれ、血が噴き出ている。大した傷ではない。放っておけばすぐに治るだろう。だがそれよりも、

（おかしい。オレは確かに攻撃を避けたはずだ。それなのに――）

「どうして斬られたんだと、そんな顔だな、小僧」

胸中を見抜いたかのようにキバは言った。

「今までの人間と同じだ。教えてやるよ。俺の権能は【切り裂く意志】――一定範囲内であれば、ありとあらゆるものを自在に切断出来る。相手がどんな物を使ってようが関係な

い。文字通り、全てを細切れに出来る」

「……なるほど。でも、どうして親切に教えてくれるんだ」

「あぁ？　んなもん、決まってるだろ。知ったところで、防ぐことなんて出来ねえからだ！」

キバは駆け出すと手当たり次第に爪を振るった。一見すると無茶苦茶で当たるはずもない動きだが、銀色の軌跡と共に彼の周囲にある地面や岩、大木までもが次々と容易く千切れ飛んでいく。恐らくは、範囲内であれば物体に触れる触れないは関係がないのだ。

（無茶苦茶な力だな……！）

剣が届く外からの攻撃である為、権能を砕くことはできない。

ルインは魔王使いとして培った身体能力を使い、回避を続け、キバから距離をとった。

「おい、どうした！　さっきまでの威勢はハッタリかよ!?」

言って、キバは爪で虚空を切り裂き続けながら近付いてくる。このまま彼の攻撃をかわしていくのは恐らく可能だろう。だが、逃げたところで何も変わりはしない。

だとすれば、真っ向から立ち向かい、そして勝つ――それしかなかった。

「かかってこいよ、小僧！　今までで一番つまんねぇぞ！」

キバが嘲弄するように言うのに対し、ルインは静かに返した。

「オレは小僧じゃない。ルインだ」

そうして、剣を掻き消すと、再びスキルを使って虚空に黒炎を生み出す。

(相手に近寄れない以上、遠距離から攻撃する必要がある。だが弓矢じゃダメだ。キバの権能にやられてしまう。何か相手の死角をつけるようなもの――あれだ)

考えながら炎に手を差し入れたルインは、内部で捉えた硬い感触を握って引き抜いた。

現れたのは――槍だ。他の武器と同じく柄から穂先に至るまで黒水晶によって形作られており、陽光を照り返して煌めいた。

【孔滅の槍：突き刺した空間を突破し、切っ先を時間差で使い手の思う場所に届かせる】

託宣を読みながら頷き、槍を振り回すと、ルインは戦闘の構えをとる。

「剣の次は槍か。見たこともねえスキルを使いやがるな。まあ、どの道、近寄れなければ意味はねぇが」

既に勝利を確信しているかのように、キバが口端を上げた。

「さて――」

だが、ルインが大きく一歩を踏み出し、

「――それはどうかな」

勢いよく槍を突き出した瞬間、その顔は驚愕へと変わった。

切っ先が漆黒の炎を宿し、柄を含めた得物の半分が溶けるように消えたからだ。

「てめえ、その武器は一体……うお⁉」

言いかけたキバは何かを感じ取ったように跳んだ。

直後、先程まで彼の居た場所を、背後の空間から突然に現れた槍の矛先が貫く。

「どういうことだ。槍が距離を飛び越えてきただと⁉」

「ああ。この武器は、望んだ場所へ自在に攻撃を放てる！」

ルインは強化された膂力を振り絞り、連続して槍を繰り出した。高速で放たれる矛先が様々な角度から、離れた場所に居るキバへと襲いかかる。

「ああ⁉　なんなんだ、このふざけた力は！」

悪態をつきながらも、キバは必死にかわすだけで攻勢に出られていない。何処から狙われるか見定めることが出来ず、逃げることで精一杯になっているようだ。先ほどのルインと完全に立場が逆転していた。

「がああああああああっ！」

怒りのままに爪を振るうが、その前に槍は消失し、また別の場所から現れる。

そのまま十数分以上が経過した頃――。

「……ぐっ……クソが！」

しばらく攻防を続けていたキバだったが、遂には息を切らし、膝をついた。ルインに対

し、敵意を剥き出しにした目で睨み付けてくる。

「てめぇ……何モンだ。妙な武器の性能だけじゃねえ。的確におれの死角をついて攻撃を仕掛けてきやがる上に、こっちの動きも全て読んでやがるな。今まで槍を扱う人間とは何度もヤってきたが、てめえほどの腕前の奴はいなかった」

「いや、それほどでも。ずっとかわしている君も凄いとは思うけどな」

「ほざけ！　こっちはずっと紙一重の状態が続いてんだよ！」

「そう。じゃあ、降参するか？　それならオレもこれ以上は戦わない」

油断なく槍を携えながらも、ルインがそう問うと、キバは顔を伏せた。

そのまま少しの間、口を噤んでいたが――やがて、低い声を漏らす。

それは、くつくつと響く、愉悦に満ちた笑いだった。

「ふざけたこと抜かしてんじゃねえよ。予想外のてめえの強さに興が乗ってきたところだ」

ゆらり、と立ち上がると、キバは爪を鳴らす。

「それに、その武器も無敵じゃぁ、ねぇ。一つ弱点を抱えてやがる。――てめえの懐に入っちまえば、ただの槍と変わんねえんだよ！」

叫ぶと同時に、キバはルインに向かって疾走を始めた。

「……なるほど。そういうことか」

ルインはキバの接近を阻止する為に次々と槍を打つ。

だが彼はその全てを察知し、回避していった。

「人間があああああああああああ！」

キバが血走った目で牙を剥き、距離を詰めてくる。

大剣を呼び出している隙はない。ルインは幾度目かの槍を、勢いのままに突き出した。

だが既にすぐ傍まで到達していた彼は、そのまま爪を振るおうとする。

「おれの方が、一瞬はええ！」

哄笑するキバを前にして、刹那。ルインは槍を手放すと、真上に跳んだ。

「無駄だ！　てめえは既に権能の範囲内！　どこに逃げようと斬り刻む——がぁっ⁉」

余裕を取り戻していたキバの表情は、しかしすぐに豹変した。

「……おい。なん……だ……こりゃ……」

動きを止め、己の体を見下ろしたキバは、そこにあるものを見て目を見開く。

深々と胴の中心を貫く——一本の、槍を。

ルインは着地すると、すぐに得物を掴み、キバから引き抜いた。

「まさか……てめえ……自分の真後ろに、槍を出現させたのか……⁉」

「ああ。普通にやったんじゃ、君に直撃を当てられないからな。ぎりぎりまで、自分の体を壁にして隠していた」

傷跡から大量の血を流しながら、キバが後ろへと下がっていく。

「はっ……少しでも……感覚が、外れれば……てめえがこうなってたっていうのに……大した、野郎だ」

が、彼は、かろうじてというように踏ん張ると、

「くそが……まだ、負けてねえええええええええええ！」

再び、飛びかかってくる。

「――いや、もう戦いは終わっている」

ルインは静かに言って、槍を放った。

矛先は残像を刻む勢いで別空間から次々と出現し、キバを貫いていく。

彼は血飛沫を上げると、鼓膜をつんざくかのような咆哮を上げ――。

そのまま、地面へと倒れた。

「槍を回避し続けた疲労に合わせてさっきの一撃。君はもう限界だったんだ」

それこそ、以前のようにルインの動きを察知できない程に。

「……全部計算済みかよ、畜生」

キバは押し殺したように呟くが、もう立ち上がる気力はないようだった。

「やれやれ。苦戦しておるようなら加勢しようと思ったが、その必要はなかったようじゃ」

背後からの声に振り返ると、サシャが満足げな笑みを零している。

「ええ。本当にあなたには驚かされるわね、ルイン」

セレネからも褒められ、ルインは照れくさくなって頭を掻いた。

彼女達の周りには、魔族達が倒れている。予想通り、何の心配もいらなかったようだ。

ルインは改めて前を向くと、キバを見た。彼は依然として倒れたままではあったが、それでも顔を上げて、睨み付けてきている。

「……ったく……てめえみたいな人間が居るとは、な。魔王を倒す噂の勇者ってのも、お前くらいの力と技をもってるのか……？」

掠れた声でキバは話し始めた。

「さぁ、どうかな。……それより君に与えた傷は回復不可能な程じゃないはずだ。ちゃんと治療をして、しばらくすれば動けるようになる。悪いことは言わない。二度と人間を襲わないと約束してくれ。そうすればオレはここから去る」

「……ふん、同情か。まあ、てめえは勝者だ。お偉く振る舞うのは自由だ」

「そうじゃない。オレは必要以上に争いたくないし、誰かの命も奪いたくない。君が現魔王側の魔族じゃないなら、尚更だ」

ルインの言葉にキバは下を向いた。

しばらく無言だった彼は、しかし、やがては呆れたように大きく息をつく。

「信じらんねぇ。それだけの力を持ちながら、そんな甘いことをほざくとはな。嘗めるのも大概にしとけよ」

「別に嘗めているわけじゃ——」

「人と魔族は！　殺すか殺されるか！　それだけだろうが！」

ルインの声を遮って、キバは最後の力を振り絞るように叫んだ。

「おれ達はずっと昔からそうやってきたし、これからもそうやっていくんだよ！　くだらねえこと言ってないでとっととおれを殺せ、人間！」

再びルインを見据えながら、キバは言った。

「そうしねえとおれはまた人間の街を襲うぜ。何度だってな。さぁ、早くしねえと俺はまた動き出すぞ。それでもいいのか、人間！」

ルインは奥歯を噛み締めた。キバの目には本気の色が宿っている。

なにを言っても無駄なのだと、そう語っているようで、やるせない想いを抱いた。

「……ルイン。やるが良い。この男にお主の気持ちは届かぬ」

後ろからサシャにそう言われ、ルインは歯痒さを感じながらも、頷く。

「……残念だ」

そのまま前傾姿勢をとると、腕を引き、得物の切っ先をキバに定めた。

「へっ。それでいい。……だが、一つだけ末期の願いってのを聞いてくれねぇか。おれの仲間が降伏したら許してやってくれ。今ここで張ってるのは、おれだけの意地なもんでな」

「ああ、分かってる。それは当然のことだ」

「ふん。ならいい。さぁ、やれよ。てめえに貰った傷が酷く痛むんだ。……楽にしてくれ」

ルインは呼吸を整える。そうして、覚悟を決めると、槍を突き出した――。

「待って！　やめて!!」

だがキバを討つ寸前、間に入り込んできた小さな影に慌てて動きを止める。

現れたのは、子ども達だった。いずれも小さくはあるが翼や尻尾が生えている。

「……魔族の子ども？」

初めて目にしたが、考えてみれば当然のことだ。基本的には魔族とて人間と同じ生体機能を持っているのであれば、幼子から成長し大人になる。

「キバをころさないで！　たすけてあげて！」

先頭の少年が言うと、周りに居た子ども達もそれに続いた。

「キバはわるくないの！　あたし達のためにやったの！」

「にんげんが食べ物をくれないから、やるしかないんだって！」

「お願いだから、ゆるしてあげて！」

訳が分からずルインが目を白黒させていると、キバが吼える。

「てめえら、引っ込んでろって言っただろうが!!　死にてぇのか!!」

だが子ども達は彼の方を振り返り、口々に反論した。

「だってキバがしんじゃったら嫌だもん！」

「キバはあたし達をまもってくれたんだから、あたし達だってまもるの！」

「そうだよ！　ぼく達だってやれるんだ！」

キバは子ども達の言葉に、「ああ……クソ！」と複雑そうな顔で吐き捨てた。

「一体、どういうことなんだ。人間が食べ物をくれないから襲った……？」

「そうだよ！　キバは最初、ちゃんとたべものをくださいって言おうと思って、人間の街にいったんだ。でも、魔族だからって何も聞かずに追い出されて、だからぼく達の為に、街からたべものをもってきてくれたんだ」

少年の言葉に、ルインは突き出した槍を下げた。もしそれが本当であれば、彼等にも致し方ない理由があったということになる。

「で……でも、彼は領主様の娘さんを攫ったのよね。もし人質にするつもりだったのなら、それは許し難いことだわ」

戸惑いながらもセレネが言うと、別の声が答えた。

「別に攫われてないわよ」

ルイン達が視線を向けると、正面の屋敷から誰かが出てくる。肩から大きな鞄を提げ、高価そうな服に身を包んだ女性だった。どことなく気品溢れる空気を漂わせており、身分ある人物であることが察せられる。

ただ垣間見える腕や脚には包帯が巻かれており、それは、見る者に不安を呼び起こす程の痛々しさがあった。

「てめえまで出て来たのかよ……引っ込んでいろって言ったろ」

ぶっきらぼうに告げるキバに、アンナは「そういうわけにもいかないわ」と首を振る。

「えっと……あなたは？」

ルインの問いかけに、女性は胸に手を置いて告げた。

「わたくしはアンナ。この辺り一帯を取り仕切る領主レーガンの娘よ」

「え⁉　では、あなたが魔族に攫われたという……」

「だから攫われてはいないわ。寧ろキバ様に助けて頂いたのよ」

アンナは倒れているキバに近付きながら言った。

「少し前、わたくしの乗っていた馬車が魔物の集団に襲われたの。護衛も御者の人間も殺されて、わたくしも傷つき動けなくなった。でも、もうダメだと思ったその時、キバ様が現れて魔物を倒し、救ってくれたのよ」

キバの傍までくると跪き、アンナは、支えながら彼の上体を起こした。次いで提げていた鞄から塗り薬らしきものが入った瓶と包帯を取り出し、傷へ丁寧に治療を施していく。

「そ……そうだったんですか⁉　でも、それならどうして街に帰らなかったんです？」

「今は大分と回復したけれど、当時はとても動ける状態じゃなかったの。傷が悪化して熱も出ていたしね。そのわたくしを、キバ様や集落のヒト達がずっと看病してくれたのよ」

「……そういう御事情でしたか」

ルインがキバへと視線を移すと、彼は「余計なことを……」と悪態をついて顔を背けた。だがそれはどこか、照れくささを隠す為のものであるように思える。

「よく考えてみれば、領主様も死人は出ていないし、襲われたのも物資を警護していた人達だけだって言ってたわね。最低限の犠牲に止めたということかしら」

セレネの言葉に、キバは鼻を鳴らした。

「弱えもんを虐めるのが好きじゃねえだけだ。抵抗されりゃ戦うがな」

「じゃあ君は子ども達が言う通り、人間がまともに交渉してくれないから、仕方なく街を襲って物資を強奪したって、そういうことか？」

「……ああ、そうだ。ここにいるガキは皆、魔王側の魔族だと勘違いした冒険者に集落を襲われ、親も故郷も失くして放浪していたところを拾った奴等でな」

キバは自分に縋りつく子ども達を見る。その目には確かな優しさがあった。

「成り行きで世話をしていたんだが……一度、懐に入れた以上、飢えさせるわけにはいかねえ。数が増えりゃ当然、食い扶持も増える。が、生憎とこの拠点にはそれほど余裕があるわけじゃねえ。いちいち魔物や動物を探してぶっ殺して食糧にするには、限界がある」

「それで、足りなくなった分を街から持ってきて補っていたってことか」

「なんじゃお主。存外と良いヤツじゃな」

サシャが感心したように告げると、キバは歯を剥き出しにする。

「うるせえ！　結果的に人間どもをぶっ倒して物資を奪ってるんだから、良いヤツなわけねえだろうが！」

それは尤もだが、そもそも人間側が話も聞かずに彼らを追い出したことに原因はある。

人間と魔族の関係を考えれば領主の気持ちも分かるだけに、難しい問題ではあるが――。

「そういうことか……分かった。誤解があったようだ。申し訳なかった」

相手の事情を推し量ることなく攻撃を仕掛けた自分にも、非はある。

そう判断してルインが頭を下げると、キバは虚を衝かれたような顔をした。

「……なんだてめえ。なんで魔族のおれなんかに謝る」

「種族は関係ない。間違いを犯したら誠意を込めて謝罪する。それは当然のことだ」

言って、ルインは槍を消した。もうこれは必要ないだろう。

「だけど、この集落をこのままにはしておけないな……」

事情は分かったが依然として状況は変わっていなかった。このまま街に帰ったところで問題は解決しない。

しばらく考えた後で、ルインはあることを思いついて、再び口を開いた。

「……そうだ。なあ、キバ、オレに手を貸してくれないか？」

あまりに突然の申し出だったからだろう。キバは「はあ？」と怪訝な顔をした。

「オレは今、サシャと一緒に魔族と人間が共に暮らせる場所を作ろうと思って、ヒトを集めてる。ここから距離はあるけど、大きな城があってそこを拠点にしているんだ。その城に、キバを含めたこの集落のヒト全員が住むっていうのはどうだろう」

それならこの集落からキバ達はいなくなり、領主は安心するだろうし、彼らもまた新たなところで暮らすことが出来る。

「ま、魔族と人間が共に暮らせる場所だと⁉　そんなこと出来ると思ってるのか⁉」

「思ってるから、オレは旅をしているんだよ。それにこのサシャが治めていた国はそれを実現していたらしい」

「……治めていたって、じゃあそこの女は本当に魔王なのか!?」

「だから、そう言っておるじゃろうに」

不満げに口を尖らせるサシャ。

「だ、だが、なぜ別の魔王がここに居て、しかも人間と一緒に……!?」

「あー。少し長くなるんだけど、聞いてもらえるかな」

混乱している様子のキバに、ルインは今までのことをかいつまんで説明した。

「……というわけなんだ。わかってもらえたか」

「あ、ああ。しかし、魔王使いか。そんな力が人間に備わるとはな。てめえが強いはずだ」

「それでオレ達は、目的の為に拠点であるサシャの城にずっといるわけにはいかない。結界は張られているけど、万が一ってこともある。この集落のヒト達がそこに住んで、いざという時に守ってもらえると助かるんだが」

塗られた薬のおかげで少し痛みがマシになってきたのか、キバがゆっくりと立ち上がった。何も答えず無言のままで、じっと地面を見つめ続ける。

だが、しばらく静寂(せいじゃく)が漂った後――。

「…………。くく。ハハハハハハ！　こいつはいい！」

キバは、不意に笑いを零したかと思うと、すぐにたまらなく可笑しそうに声を上げた。

何事かとルインが見ていると、

「魔族に自分の拠点を守って欲しいだと？　妙な人間がいたもんだ。てめえみたいな奴は初めて見たぜ」

「まあ、ルインが変わっているという点に関しては同意じゃな」

サシャが頷くのに、君も似たようなもんだろ、とルインは胸中で突っ込んだ。

「ああ。だが――いいぜ、気に入った。どうせおれはてめえに負けた身だ。従ってやるよ」

「ほ、本当か⁉　ありがとう！」

「命を拾われたんだ。礼を言うのはこっちの方だ。人間……いや、ルイン」

キバは手を差し出すと、口端を上げる。

「おれ達全員、てめえの城で世話になるぜ。宜しくな」

ルインもまたキバの手を強く握り締め、「こちらこそ！」と大きく振った。

「おい、ガキども、引っ越しだ。ここよりもっとでけえ城に住むぞ！」

キバが声をかけると、魔族の子ども達はきょとんとした後で、

「おしろ？　おしろにすむの？　すごい‼」

「おはなしできいた魔王さまのいるところだ！　やったぁ！」

それぞれが大はしゃぎをして跳び上がる。この辺りは人間の子どもと変わらなかった。

「……驚いたわ。貴方、大胆なことを考えているのね」

やがてアンナが感心したように呟く。ルインが振り向くと、彼女は笑みを浮かべ、

「だけど、面白いわ。わたくしもキバ様達に世話をされて、魔族に対する認識が変わってきたところよ。アルフラ教の教えなんて、全部嘘っぱちなんだもの。ぜひとも、頑張ってもらいたいわね」

「ありがとうございます。なんとかやってみますよ」

ルインが答えていると、間もなく所々で呻き声が聞こえてくる。キバの部下達が目を覚まし始めたようだ。

「……おれの部下どもも殺さなかったのか」

「ふん。歯向かって来たとは言え、同族の命を安易に奪うほど落ちぶれてはおらんわ。しばらくは動けぬだろうが、その内に回復するじゃろう」

サシャの言葉に、キバは親愛を示すよう、口元を緩めた。

「そうかい。助かったぜ。なら、他の奴等はおれが説得して必ず城まで連れて行く。……しかし、まさか昔の魔王にこんなところで出会うとはな。まだ信じられねえぜ」

「まあ、わらわもまさか遠く時を超えて復活するとは思っておらんかったがな」

サシャ達が会話している横で、セレネがほっとしたように息をつく。

「……意外な結末だったけど。なんとか依頼を解決できたみたいね。しかしまさか、本当に魔族と手を結べるなんて。ルインにはびっくりさせられてばかりだわ」

「セレネ達の協力があってこそだ。それに、オレはやれることを全力でやってるだけで……」

「そうじゃ、そうじゃ。わらわあってこそのルインなのじゃ。そこのところをよおおおおく覚えておくようにな！　ふははははは！」

サシャが尊大な口調で胸を張る。

「……そう恩着せがましく言われると腹が立ってくるな」

「ルイン、命令してサシャに面白い踊りをさせたら？」

「ひ、ひぃ！　やめんかそのようなことは!!　ほんのおふざけ！　魔王特有のお茶目！　いわゆる魔王冗句というやつじゃろうに！」

セレネの言葉で、サシャは狼狽したように顔を引きつらせた。

三人のやりとりを眺めていたキバは、思わずといった感じで吹き出す。

「伝承で聞く魔王ってのは恐ろしいもんだと思っていたがな。拍子抜けしちまったよ」

「オレも初めて会った時はそう思った」

ルインは深々と頷き、キバと共に笑い合った。

「……さて、それじゃあ、街に帰りましょうか。アンナさんを送り届けて、領主様に事の次第を伝えなきゃ」

セレネが場を締めるように手を合わせる。

「うん。後、オレにちょっと考えがあって……」

ルインはそのまま、ある提案をしようとしたのだが――その前に、集落へ近付いてくる人影に気付いた。

「驚いた。魔族どもがどいつも倒れているから何があったのかと思えば、セレネに……ルインまでいるとはな」

長剣を携えた、金色の髪の青年だ。彼の後ろには全身鎧を身に着けた体格の良い男と、ルインと同じく簡素な鎧を装備した青年に、ローブを纏った女性が居る。

見覚えのある面々にルインは目を見開いた。

「クレス……!? ヴァンに、メアまで。どうしてここに!?」

思わぬ再会に尋ねると、クレスは肩を竦める。

「どうしてって、ギルドで依頼を受けてきたんだよ。街を襲う凶悪な魔族を倒して欲しいって領主直々の、な。お前もそうじゃないのか？」

次いで彼はルインの後ろに居るキバを見て、わずかに口角を上げた。

「しかし安心したぜ。まだ魔族どもの頭はぶっ殺されてないようだ。ルイン、そいつはお前には荷が重い。俺達に任せておけよ」

そのまま歩み寄ると、クレスは、ルインへどくように手を振った。

だが、ルインは従わず、逆にキバを庇う為に彼の前に立ちはだかる。

「……なんのつもりだ、ルイン」

「悪いが、彼を君と戦わせるわけにはいかない」

「なんだと？　見たとこ随分と傷ついているようだが……それでもお前じゃそいつを倒すのは無理だったんだろ？　なら俺がやるって言ってるんだよ」

「お主は阿呆か。状況を見ろ。事態は既に解決しておる」

サシャがため息交じりに言った。

「キバは……この魔族はもう人間を襲わんと申しておる。従って倒す必要もないのじゃ」

「あぁ？　誰だお前は。……まあいい。それより、魔族が人間を襲わないと言った、だと？　そんなもの、信じられるわけがないだろう」

自らの剣の柄に手をかけて、クレスは歪んだ笑みを浮かべる。

「魔族なんて奴らは全員がろくでもない化け物だ。残らず始末するのが常識なんだよ」

「聞いて、クレス！　本当は違うの。魔族にも人間と同じように良いヒトもいれば悪いヒトもいて、だから――」

「パーティを抜けた奴は黙ってろよ！」

説得しようとしたセレネを一喝すると、クレスはルインに対して命じた。

「邪魔だ。どけよ、ルイン。さもないとお前もやるぞ」

「……ダメだ。キバはオレの仲間だ。ここは譲れない」

「魔族が仲間だと？　お前、魔王の側についたのか!?　なら最近、お前が妙に活躍しているのもそのせいか！」

「違う。オレは人間だとか魔族だとか、そういうことに関係なく――」

「黙れ！　ようやく納得がいったぞ。そんなことでもしなければ、お前みたいな奴が危険級指定の魔物を倒せるわけがない！」

クレスは剣を抜き、迷いなく切っ先を向けてくる。

「あ、貴方ね、いい加減にしなさい。ルイン様の言っていることは本当よ。わたくしはここにいるキバ様に助けられたんだから！　領主の娘として命じるわ。やめなさい！」

アンナが指を突きつけるも、クレスは鼻を鳴らしただけだった。

「お前が領主の娘？　誰が信じるか。どうせルインと同じで魔王に寝返った人間だろう。揃いも揃って裏切り者どもが。纏めて俺が成敗してやるよ」

「お、おい、クレス、本気か？　さすがに確証も無いのに……」

「そ、そうだよ。魔族ならともかく人間同士でやるなんて」

仲間達、ヴァンと眼鏡の青年が止めるが、クレスは聞く耳を持たなかった。

「こいつらが魔王の手下なら、もう人間じゃない。魔族だ。魔族は討伐すべき対象なんだよ。お前達がやらないなら、俺一人でもやる」

「……そうだよね。やっちゃいなよ、クレス。ルイン、調子に乗ってるみたいだし。何かあったら回復してあげるから。……ま、その必要もないだろうけど」

メアだけが応援し、クレスはそれを受けてルインに鋭い眼差しを向けて来た。

「本当にやるつもりか、クレス」

「ああ。ストーム・ドラゴン相手にどんな手を使ったか知らないが、正面切ればお前なんて俺の相手じゃないんだよ」

敵意を剥き出しにする幼馴染を前に、ルインは目を閉じた。わずかな迷いが生じる。しかし、たとえ相手が誰であろうと、抗わなければならない時というものはある。

故に――決断した。

「……サシャ、セレネ、下がっていてくれ。オレも一人でやる」

「で、でも、ルイン……」

何かを言おうとしたセレネはしかし、サシャに制止される。

「やめよ。互いに引けないのであればぶつかるしかあるまい」

それでもセレネは迷うようなそぶりを見せていたが、やがて、深く頷いた。

「アンナさんも、キバを連れて皆と離れて下さい。これ以上、怪我をさせたくない」

「……え、ええ、分かったわ」

アンナは頷くと、サシャ、セレネ、子ども達と共に下がっていく。

「お前達も邪魔にならないところに行ってろ」

クレスに追い払われ、ヴァン達もまた距離をとった。

広い空間に二人だけとなり、ルインはクレスと相対する。

「思えばお前と直に戦うのは初めてだよなぁ、ルイン」

「……ああ、そうだな」

「いつも俺達の間を鼠みたいに走り回って、剣だの槍だの弓だののちょこまか使ってよ。それなりには役に立ったが、お前みたいなのを器用貧乏って言うんだろうな」

嘲弄するような口調とは裏腹に、クレスはこめかみに青筋を浮かべ、憎しみを込めるように言った。

「そうだ。お前が抜けたせいで俺達パーティが弱体化するなんてことがあるわけがない。お前なんて、俺が仲間にしてやらなければどこにも行き場はないんだ。そういう無能なんだよ！」

「なにか、あったのか？」

「なにもねえよ！　今ここでそれを証明してやるってことだ！」

叫んで、ルインは剣に激しい光を宿す。剣聖のハイレア・ジョブをもつ彼のスキルだ。

だが違和感があった。以前に見た時に比べて、光の量が明らかに増加しているのだ。

（なんだ？　スキルの力が上がっている……？　そんなことあるのか？）

そこでルインはクレスの腕に目を留めた。以前パーティに居た頃にはなかった腕輪が嵌められている。

「気付いたか？　この道具はな、身に着けた奴のスキルを更に強力にするんだよ」

「そんなもの、どこで手に入れたんだ」

「お前に教える義理は無いな。さぁ、そっちのスキルを見せてみろ」

完全に勝利を確信した者の顔をするクレスを前に、ルインは引っ掛かりを覚えつつも、スキルを発動した。炎を生み出し、【破断の刃】を取り出すと、静かに構える。

「……それが魔王に貰った力ってわけか。だが——俺には勝てない！」

大地を踏みしめ、クレスが長剣を振るった。巨大な光の波動が世界を真っ二つに裂くように縦へと走り、ルインへと押し迫る。未だ距離があるにも拘わらず、痺れる程の衝撃が肌を苛んだ。間違いなく喰らえばただでは済まないだろう。

——だが、ルインは何も行動をとらなかった。口を噤んだままでその場に佇み続ける。

「ルイン⁉　どうしたの⁉」

背後からセレネが声をかけてくるが、それでも、ルインは答えなかった。

「はっ——なんだ、体が竦んで動けないのか⁉」

クレスが馬鹿にするような目をして言った瞬間。ルインはゆっくりと、左へ移動した。

直後——自らのすぐ傍を、光の波動が突き抜けていくのを感じる。

クレスは舌打ちし、すぐに次手を打った。間髪入れずに連続して同じスキルを発動する。

だが間もなく彼の目は、大きく見開かれていった。

光の波動が、そのいずれもルインにわずかな傷さえ与えることがなかったからだ。

少し場所を変えるだけで、あるいは跳躍するだけで——いずれも、素通りしていく。

「ど、どうして攻撃が当たらない⁉　ルイン、お前のスキルか⁉」

「いいや。スキルは使ってないぞ、クレス」

五発目の光刃を冷静にかわした後、ルインは答えた。

「正確に言えば使う必要がない。前から思ってた。君が扱うスキルは確かに凄い。でも、その威力に頼り過ぎて、動きが大雑把になり過ぎるんだ。二手三手先を考えず、瞬間瞬間の判断で攻撃するから、剣を振るう位置や視線で軌道が容易く予測できる。だからほんの少しの動きでかわすことは出来るんだ」

「なんだと……!? お前、パーティに居た頃はそんなことは一度も！」

「言おうとしたよ。君が聞かなかっただけだ。無能の助言なんて、必要ないと思ってたんだろう?」

クレスの顔色が変わった。焦燥から、怒りを示すように赤くなり始める。

「お前……！　ふざけるなあああああ！」

クレスは全身から光を迸らせ、駆け出した。

——と、ルインが認識した時にはもう、彼の姿は掻き消えている。

光を纏うことによる高速戦闘。近接戦闘に特化した剣聖に相応しい強力なスキルだ。道具のおかげか以前より遥かに速度を増している。

「お前如きが俺に敵うわけがないんだよ——ッ！」

背後から声がした。だが気配を感知した時にはもう遅い。クレスによる攻撃は放たれており、防御を取る隙もなくその刃によって断ち切られるだけだ。

「……頭に血が上ると行動が絞られるのも難点だな」

　普通であれば、の話だが。

「――は？」

　本来であれば勝利が目前であるはずのクレスが、間の抜けた声を漏らした。

　当然だろう。彼が得物で切り裂くより前に、ルインが振り返り――。

　長剣の一撃を、繰り出していたのだから。

「ごぶっ……！」

　最大の膂力で薙いだ刃は、クレスの胴体を一閃した。続けてルインは二度、三度と高速で剣を振るう。連撃をまともに受け、身に着けた鎧が脆くも砕け散った。

　だがそれでも衝撃を殺せず――彼は後ろへ大きく吹き飛ぶ。そのまま受け身をとることも出来ずに地面を転がり続け、長い距離を移動し、ようやく止まった。

「な……なんで……」

　酷く嗄れた声で、クレスが零す。直撃を受けたせいで、立ち上がることが出来なくなっているらしい。

　剣聖は攻撃力が高い代わりに防御という面において、それほど優れているわけではない。

まして魔王使いになることでこれまで以上に強化されたルインの力でやられれば、いかにハイレア・ジョブの持ち主とは言え、あくまでも人間に過ぎないクレスは、そのような状態に陥ってしまうだろう。

「君が怒った時にスキルを使う際の動きは、幾つかに絞ることが出来る。走り出す際の足先の位置でそのどれが来るか、加えてどの角度から仕掛けてくるかも見抜けるんだ」

ルインはクレスに近付きながら、彼に剣の切っ先を突きつけた。

「あ、あの状況で……そんなところを……見ていたのか……」

「パーティに居た時、全員の状況を俯瞰的に見て補助していたからな。それくらいは出来るさ」

「……嘘だ……ルイン相手に……こんな……」

愕然となっている様子のクレスに対し、ルインは息をつく。

「もう勝負はついた。これ以上やると命のやりとりになる。幼馴染の君とそんなことはしたくない。仲間と一緒に帰ってくれ」

「ふっ――ふざけないで！」

答えたのはクレスではなく、後方で待機していたメアだった。

「ルイン相手にクレスが負けるはずない！　何か卑怯な手を使ったんだよ！　クレス、わたしが回復してあげるから、もう一度――！」

轟、という音が鳴る。ルインが振り返ると、走り出そうとしていたメアは、血の気の引いた顔のまま立ち止まっていた。彼女の前には深く、長い溝が出来上がっている。

「いい加減にせよ。何度やっても無駄じゃ。お主らご自慢の勇者はルインに勝つことは出来ぬ。これ以上、面倒をかけさせるというなら――」

サシャが静かに言った。

その身に、全てを焼き尽くすかのような、漆黒の炎を立ち昇らせながら。

「わらわも、相手になるぞ」

メアだけでなく、後ろに控えていたヴァンや新しい仲間らしき青年も、息を呑んだ。

見た目はただの少女でしかないサシャから迸る、尋常ならざる迫力を感じ取ったのだろう。

「……メア。行くぞ。クレスを連れて退く」

「ヴァン!?　でも依頼を達成しなきゃわたし達、本当に勇者パーティの称号を……！」

「その前に死んでもいいのか!?　さっきの炎を見ただろう！　詳細は分からないがルインも、その味方であるあの少女もおれ達が敵う相手ではない！」

ヴァンの指摘にメアは怯んだ。反論出来る術がないのか、顔を伏せて唇を噛む。

「……決まったな」

ヴァンは、クレスの下まで歩み寄ると彼を担(かつ)ぎ上げた。

「お、おい……やめろ……俺は、まだ……」

「認めろ。お前の負けだ。いや――ルインの真価を見抜けなかった、おれ達の、か」

呻きながらも抵抗しようとするクレスに対し、厳しい口調で告げながら、ヴァンはルインの方を見た。

「……ルイン。今更(いまさら)パーティに戻(もど)ってくれといっても、もう遅いんだろうな」

「ああ。オレはオレの目的を見つけた。悪いが君達と一緒にはなれない」

一切(いっさい)の躊躇(ためら)いなく断言するルインに、ヴァンは一瞬(いっしゅん)、驚いたような表情を見せたが――

やがては、微(かす)かに笑った。

「……そうか。じゃあな」

最後に短く伝えて、彼は他の仲間と共に、その場を去っていく。

かつてのパーティが遠くなっていくのを、ルインはしばらくの間見つめていた。だが、

「……ふん。しかしあれが今の勇者か。わらわの頃(ころ)に比べると随分と弱くなったものじゃな」

「ん、昔はもっと強かったのか？」

不意に呟いたサシャの言葉に、彼女の方を向いた。

「うむ。さしものわらわも苦戦……はしておらんが、なんかこう、あの、あれ、ちょっとだけ、あれ、これ、やばいかな？　どうかなー？　って感じには少しだけなった」

「……そうなのか」

深くは追及しまい、とルインが思っていると、傍らにセレネが立つ。

「クレスもきっと、良い薬になったわ。彼、ルインが抜けてから色々と上手くいかなくて、焦っていたみたいだから。これで自分の身を省みてくれるといいんだけど……」

「どうかの。さっきの様子ではにわかにはそう思えんが。もっと徹底的にやっても良かったのではないか？」

サシャが首を傾げるのに、ルインは苦笑いを零す。

「……ううん。まあ、あれでも幼馴染だからな。さすがにそこまでやるのは」

「なんだかしらねぇが、お前も色々とあるみたいだな」

と、そこで、キバが話しかけて来るのに、ルインは振り返った。

「あ、ああ、ごめん。思ってもみないことになって。ええと、とりあえず、オレ達はアンナさんを連れて街に戻ろうかと思うんだが」

「ん？　ああ、おう。分かった。おれはここで待ってりゃいいのか？」

アンナや子ども達の方を見るキバに、ルインは答える。

「あー。うん。それなんだけどね、キバ。君にちょっと頼みがあるんだ」

そうして、先程言いかけたことを、改めて話し始めるのだった。

「おお……感謝しますよ、ルインさん。まさか魔族を倒すだけでなく、娘まで連れて帰ってくださるとは！」

領主の屋敷に戻ったルイン達は、早速レーガンに事の次第を報告した。すると彼はアンナを強く抱きしめた後、両手を大きく広げて感謝の意を示す。

「え……っと、それなんですけどね、レーガンさん。正確には、魔族を倒したわけではないんですよ。領主さんの依頼は魔族の襲撃を止めて欲しい、ということでしたよね。だからオレはさっき、そのことが解決した、と言ったんです」

「……確かにそうでしたが、魔族を倒す以外でそのようなことが出来るのですか？」

「ええ。信じられないかもしれませんが……オレ達は、魔族と和解しました」

レーガンは、ルインの言ったことが信じられないというように、ぽかんとした表情をしていた。が、間もなく、我を取り戻したように咳払いをする。

「ど、どういうことでしょう。そのようなことが可能とは思えませんが……!?」

「そもそもに遡ると、魔族達は最初、街を襲撃するつもりはなかったんですよ」

ルインは、キバの話をそのままレーガンへと伝えた。

彼は全てを聞き終えた後、ゆっくりと事を咀嚼し呑み込んでいくように、黙り込んでいた。そして――しばらくの時を経て、ようやく受け入れたというように深く頷く。

「……なるほど。その、キバという魔族が街に来たというのは初めて聞きました」

「恐らくですが、警護役の兵士が追い返しただけで何も報告しなかったのでしょうね」

セレネの提言にレーガンは「そうだと思います」と同意した。

「しかし、もしそうだとすれば、飢えた魔族が街を襲ったというのも、分からないではありません。もちろん、許されざることではありますが、こちらにも非があることですし。しかし、その、ルインさんには申し訳ありませんが、にわかには信じ難いことで……」

「お気持ちは分かります。ただキバはここから遠い場所に拠点を移すそうです。ですから、二度とこの街を襲うことはないと思います」

ルインが言うとレーガンは安堵したような表情を見せるものの、まだどこか不安を滲ませる様子を見せた。そこで、

「お父様、キバ様は信用に足るお方よ。わたくしが保証します。アルフラ教の嘘をいつまでも信じていないで、わたくしやルイン様のことを見なきゃダメよ」

アンナが口添えすると、彼は少し狼狽えた。

「アンナ、お前までそんなことを。いや、確かにお前を助けてくれたという言葉が本当であれば、それはそうなのだが……」

悩むように唸り始めるレーガン。無理もない。ルインやセレネもそうだが、この世界の大半の人間は幼い頃からアルフラ教の教えを信じて生きて来た。

この街では王都などに比べるとその影響が少ないとは言え、やはり一度根付いた固定観念はそう簡単には拭えないのだろう。ある程度は予想できた反応であった為、ルインは用意していた案を申し出ることにした。

「どうでしょう。どうしても信用できないなら、本人の口から聞いては」

「……本人？」

ルインは横に移動した。すると、先ほどまで自分が居た場所に別の誰かが出てくる。

襤褸布を頭から被ったその人物は、自らそれをはぎ取った。

「ひっ……！」

レーガンの口から悲鳴が漏れる。彼は青ざめた顔のままで下がり、壁に張り付いた。

目の前にいきなり、獣の顔と体を持つ者が現れたのだから無理もない。

「よう、領主さま。随分と迷惑をかけちまったな」

変装して街に入っていた魔族――キバは、そう言って頭を下げた。

「大丈夫ですよ、領主様。キバは口は乱暴ですが悪い奴じゃありません」

「悪かったな。育ちが酷くてよ」

皮肉げに口端を歪めたキバは、再びレーガンの方を見る。

「ルインの言った通りだ。おれと仲間は拠点をここから遠い場所に移す。この街にはもう現れねえよ」

「そ……そう、ですか。あの、それは、助かりますが……」

及び腰になりながらも、まともな対話ができると踏んだのか、レーガンはゆっくりと元の位置へと戻ってきた。

「どうだい。信じてくれるか。それとも魔族の言うことなんて全部、でたらめか」

「……いえ。先ほどは大変、失礼しました」

レーガンは咳払いをすると、姿勢を正し、丁寧に一礼する。

「わざわざ正体を隠してまでルインさんについてここまで来てくれた。その行為は信用に値します。私の方こそ、あなた達を無下に追い返してしまったこと、お詫び致します」

「気にすることたぁねえよ。恐がられることには慣れてる」

呵々大笑したキバに、レーガンもようやく、口元を綻ばせた。

「また娘まで助けて頂いたそうで……感謝の仕様もありません」

次いでレーガンは、ルインの方へと視線を移してくる。

「しかし、ルインさんは凄いですね。まさか魔族と殺し合うことなく和解するとは……」

改めてといった感じに褒められて、ルインは大きく首を横に振った。

「大したことはしていませんよ。キバの器が大きかっただけです」

「そいつはこっちの台詞なんだがな。とりあえず、おれ達は元の拠点を去ることにするぜ」

キバの言葉に、レーガンは「分かりました」と頷く。

「本当にルインさん達にはお世話になりました。約束していた魔王の情報については、現在、伝手を頼って集めておりますので」

「ありがとうございます。……後、これはお願いになってしまうのですが。宜しければ、キバ達に物資を少し分けてあげてくれませんか？」

ルインが話を持ち掛けると、レーガンは小首を傾げた。

「彼等は別の拠点に移るのですが、そこでの生活を整えるのに幾らか時間がかかるはずです。それまでの間を助ける為の食糧や生活必需品を頂けないかと思いまして」

が、続く内容に、彼は納得したように軽く顎を引く。

「ああ、なるほど。承知しました。その程度であれば問題ありません」

「本当ですか？　報酬を頂いた上で、申し訳ないと思っているんですが」

「とんでもありません。ルインさんの功績にはまだ見合わないと思っているくらいです。ですが……ルインさん達ご自身は、情報以外に何も貰わないで良いのですか？」

「オレは別にいいですよ」

「わらわは欲し――はう」

何かを言いかけたサシャはセレネに襟首を掴まれて引っ張られた。

「ここはルインを立てておきましょうよ。キバ達の為にも」

渋々と「仕方ないのう」と納得したサシャを見て、レーガンは微笑む。

「そうですか……本当に助かりました。ありがとうございます。それではキバさんに物資をお渡しするということで」

「――いや、待った。そうはいかねえ」

が、キバが止めに入ったので、彼は不思議そうな表情を作った。

「貰いっ放しってのは性に合わねえからな。代わりにおれの方からもなにかくれてやる」

「はあ。と言いますと、なにを？」

「む。といってもおれ達がやれるのは、飼ってる魔物からとれる素材くらいしかないが」

「……ええ⁉　魔物の素材を下さるんですか⁉」

その程度のものではどうにもなるまい、といった感じで零していたキバはしかし、レーガンの思ってもみない反応に戸惑いを見せた。

「な、なんだ。魔物の素材程度で何をそんなに驚いてやがる」

「キバ、人間にとって魔物の素材は物凄く貴重なんだよ」

ルインが伝えると、キバは「そうなのか？」と意外そうに瞬きする。

「ええ。魔物からとれる素材は、質の良い武器や防具、薬になります。ですがほとんどの物はアルフラ教に徴集されてしまうので、市場に出回るのは極々わずかなのですよ。もし魔物の素材を手に入れることが出来れば、大きな街の収入源になります」

レーガンの話に、キバが「へえ」と感心したように言った。

「アルフラ教っていや、女神を崇めてる人間の宗教だったよな。なんでそんな奴等が魔物の素材を欲しがる？」

「魔物の素材を使った研究をしているからですよ。魔族と戦う者を補助する道具を造る為だとか……詳しいことは秘匿されている為に分かりませんが」

それ故に魔物の素材というだけで、信じられないほどの高値で取引される。レーガンからしてみれば、降ってわいたような幸運だろう。

「なら丁度良い。どうせ沢山あっても使い道がさほどないんだ。てめえにくれてやるよ」

「ありがたい！　まさか依頼が解決されるだけでなく、このようなことになるとは！」

喜びに満ちた様子のレーガンへ、アンナも嬉しそうに手を叩く。

「言ったでしょう、お父様。キバ様は信用に足るお方だって。これを機に、定期的な取引をしたらどうかしら」

「……そうだな。さすがに街では難しいが、場所を決めてそこでやりとりをすれば良いだろう。キバさんさえ宜しければの話ですが」

「別に構わんぜ。頻繁には難しいだろうが、一、二カ月に一度程度ならな。こっちには差し出す物に見合う物資をくれればいい」

「ありがとうございます。……では、交渉成立ですね」

レーガンは一瞬、躊躇うような素振りを見せたが——しかし、そんな自分の気持ちを振り切るように、キバに向かって手を差し出した。彼もまた、レーガンの手を握って振る。

「……懐かしいの。互いに利益があるとは言え、人間と魔族が手を結ぶ光景をまた見れて何よりじゃ」

サシャが目を細め、感慨深そうに呟いた。

「うん。……良かった。こういう関係がもっと増えていけばいいな」

笑みを浮かべたルインに、セレネもまた、同意するように頷く。

「さぁ！　では住民達にもう魔族の襲撃が無いことを伝えなくては！　ルインさん達も是非、ご同行下さい！」

レーガンは、意気揚々とした足取りで部屋を出ていった。

ルインも後を追おうとしたが――そこでふと、窓の外に気配を感じる。

「……なんだ？」

視線をやったがそこには誰もおらず、ただ柔らかな日差しが差し込んでいるだけだった。

「なにしてるの、ルイン？　領主さんが待ってるわよ」

セレネに声をかけられたルインは、不審に思いながらも「今行く」と返事をする。

こうして無事に、ウルグの事件は幕を引いたのだった。

第四章——既に彼の前に彼は居らず

「お集まりの皆さん！　今日は良いご報告があります！」

キバが仲間を連れて、ルインから教えてもらったサシャの城へと向かった後。

広場に住民達を集めたレーガンは、彼らを前にして高らかに声を張り上げた。

「かねてより被害を受けていた魔族の一件は、無事に解決しました！　もうこの街が襲撃を受けることはありません！」

住民達は、突然のレーガンの言葉にしばらく顔を見合わせていた。

だが、しばらくすると、一人、また一人と事実を受け入れ始める。

それと共に彼等の顔には次第に喜びが見え始め——やがては、場が大歓声に包まれた。

「事件を解決してくれたのは、ここにいるルインさん達一行です！」

レーガンに紹介されたルイン達が前に出ると、一斉に音が弾けた。

万雷の拍手と共に、皆がルインの名を叫び、称賛する。

（……無能だと言われたオレが、こんなに多くの人の役に立てるなんて）

ルインはじわじわと湧き上がってくる喜びに、ぐっと手を握りしめた。

幼い頃に夢見たところとは違ってしまったが——今、己が立っているのは、まぎれもなく自分で選んだ道の先に辿り着いた場所だ。それが何よりも嬉しかった。

「皆さん、街に平和は戻りました！　改めてルインさん達に感謝を！」

レーガンの呼び掛けで、再び住民達は異口同音にルイン達に対して、礼を述べる。

その後——ルインは、レーガン主催の祝いの席に招かれて、豪勢な食事を振る舞われた。

夢のような時間は瞬く間に過ぎ去っていき、太陽が西へ傾きかけた頃、ようやく酒宴は終焉を迎える。

「……はあ。ちょっと食べ過ぎたな」

ルインは会場となったレーガンの屋敷から出ると、広場に戻ってきたところで、ため息をついた。

「ふふ。ルインったら、皆に勧められるまま食べるんだもの。お腹壊すわよ」

同行していたセレネにからかうようにいわれて、頬を掻く。

「ま、わらわに比べるとまだまだじゃがな」

サシャが自慢げに胸を張ると、セレネは肩を竦めた。

「単に食い意地張っていることを誇られてもね。太るわよ」

「魔王は太らんわい!!　大体、お主だってわらわと同じくらい食べてたじゃろうが！」

「た、食べてないわよ！　生憎とあなた程の胃袋は持ち合わせていません！」

顔を赤くして返した後で、セレネは、ルインの方を見つめてくる。

「……でも、すごいわ、ルイン」

やがて彼女は、噛み締めるようにして言って来た。

「魔王を従え、魔族を圧倒的な力で倒して、しかも命を奪うことなく仲間にする。常人では……いえ、たとえ勇者であっても出来ないことよ」

「大袈裟だろ。単にオレは自分が正しいと思ったことをやろうと……」

「その正しさが、誰かの物でないことが凄いのよ、あなたは」

セレネは慈しむような目をルインに向ける。

「大抵の人は、知らない内に、世界の正しさに動かされるわ。誰かがこうしろと言っていたから。誰もがやっていることだから。昔からそうと決まっているから——。でもルインは、自分の目で見て、自分で判断して、自分で正しさを選んで今までやってきた。それは簡単に出来ることじゃない。わたしにだって難しいわ」

ルインを正面から見つめて、セレネは頬を朱に染める。

「あなたには魔王使いだけじゃない、あなたが元から持っていた強い力がある。それがここにきて次々と開花しているのを感じるわ」

「そ……そう真っ直ぐに言われると、照れるんだけど。それに魔族に関しては、セレネだって色々と調べて同じ疑問を持っていただろ」

「わたしは、元々はあなたの懸命さに感化されたのよ。……本当に、素敵だと思う」

整理のつかない気持ちを表すように、セレネは体の前で組んだ手をせわしなく動かした。

そして、何かを思い切るようにして口を開く。

「む、昔からそうだったけど……わたし、前よりずっと、あなたのことが──」

「はいど──んっ!!」

が、サシャが突然にセレネに体当たりした為、話は強制的に中断させられた。

「い、痛いわね⁉ なにするのよ⁉」

転びかけたセレネが抗議すると、サシャはふんすと荒い鼻息を漏らす。

「さっきから聞いていればなにを甘ったるい空気を出しておるのだ。わらわは甘いものは好きじゃが男女のそういった雰囲気は吐き気を催すほど嫌いなのだぞ⁉」

「知らないわよ、そんなこと！」

「大体、お主、ことあるごとに幼馴染の地位を利用してルインをかすめ取ろうとしておるが、まったくの無駄じゃぞ」

言うが早いか、サシャはルインの服を引っ張った。ルインが抵抗するより前に、そのまま自分の懐へと抱く。

「――最早わらわはこやつの物であり、こやつはわらわの物じゃ。お主などには渡さん」

「お、おい、サシャ!?」

慌てて逃れようとするルインだが、サシャは放してくれなかった。豊満な胸を押し当てて拘束してくる。

「ルインは物じゃないわ。それにあくまでもサシャはテイムされただけの関係でしょ」

むっとしたように言うセレネに対し、サシャは何処か艶のある声で言った。

「果たしてそうかな……？　昨日の夜の睦事は忘れられん。わらわの手練手管にさしものルインも最後には女子のような声を……」

「……ルイン？　まさか実は何かあったんじゃ？」

セレネが見たこともないくらいに恐ろしい形相をしてきたので、ルインは折れんばかりに首を横に振った。

「ないないないない！　なんにもない!!」

「フフフ……どうかな。ともあれ、わらわはこやつのことを気に入っておるのだ」

ルインを胸で圧迫しながら、サシャは笑みを深める。

「ルインと共に居ると、わらわの国を再興出来そうじゃ。よってわらわの傍に置く。他(ほか)のものは手出し無用！」

「そ、そんなわがまま通らないわよ！　わたしだってルインのこと……！」

二人の少女が言い争っていると、次第に何事かと街の人間が集まり始めた。

彼等はルイン達を見ながら互いに囁(ささや)き合う。

「なんだ、一体何の騒(さわ)ぎだ？　あの青年は街を救った英雄(えいゆう)だろう」

「ああ。前にも見たが……どうも彼を美少女二人が取り合っているらしい」

「なるほどね。英雄色を好むとは言うけど、あの子、可愛(かわい)い顔して中々やるわね……」

とてつもない速さで誤解が広まりつつあった。ルインは焦って止めようとする。

「ふ、二人とも、落ち着いてくれ。別にオレが誰のものとかそういうのはなくて――」

「ルインは！」「黙(だま)っておれ！」

が、サシャ、セレネからほぼ同時に叱(しか)られて、その迫力に思わず「は、はい！」と答えてしまった。

「大体、お主はなんじゃ、聞けばルインをパーティから追放した一員だそうではないか。そんな女に今更こやつをどうこうする権利はない！」

「うっ……そ、それは、知らなかったのよ！　聞かされたのは彼がいなくなった後で！

わたしがその場に居たら絶対に反対していたわ！　大体、あなたよりわたしの方がルインとの付き合い長いんだから！」

「時間の多さは関係ない。どれだけ親密になったかじゃ！　これからわらわはルインと旅をする故に、お主に比べるとどんどん距離は縮まるばかりで！」

過熱していく論争は、ルインを置いて延々と続いていく。

「……どうすればいいんだこれ」

大業を成し遂げたはずのルインだったが、目の前の小さな揉め事には右往左往するばかりだった。

――ウルグの街外れ。

人気のないうらぶれた空き地に、幾度も激しい音が鳴り響いていた。

「くそ……！　くそ！　くそくそくそくそくそくそくそくそ！」

クレスは振りあげた剣を、積み上げられた廃材に何度も叩きつけている。

剣聖のハイレア・ジョブによって強化された力によって、頑丈な素材はすぐに砕けてしまった。だがその度に怒りを発散する対象を変え、再び同じ行為を繰り返す。

「くそくそくそくそくそくそ！　くそがああああああああああああ！」

最後に声を嗄らして叫び、クレスは地面を斬りつけた。

光を纏った刃は地を切り裂き、凄惨な爪跡を生んだ。

「……はあ……はあ……はあ」

クレスは息を切らしながら、その場に立ち尽くす。

だがどれだけ八つ当たりをしたところで、全く気持ちは晴れなかった。ともすれば自分を打ち倒したルインの姿が思い浮かび、はらわたが煮えくり返るような想いを抱く。

「ああああああああああああああああああ！」

再び剣を振るって真下を削ると、クレスはその場に座り込んだ。

「……何をやっているんだ、俺は」

こんなことをしたところで何にもならない。それは分かっている。

しかし、だからといって他に解決する術もなく、ただ無意味なことをやり続けていた。

魔族の集落でルインによって与えられた傷は、ウルグの街に戻ってから、メアの手ですぐに癒えた。しかし如何な回復スキルとはいえ、心に刻まれたものまでは救ってくれない。

だからこそ、しばらく誰とも接したくないと思ったクレスは、独りにしてくれとパーティの仲間に言って離れ、ここまで来たのだ。手当たり次第に憤りを暴力に変えてぶつければ多少はすっきりするかと思ったが――やはり何にもならなかった。

「どうして俺が、ルインなんかに……」

敗北感に打ちのめされ、クレスは頭を抱えて呻く。

幼い頃から、喧嘩で負けたことは一度もなかった。持って生まれた頑丈な肉体に加え、選ばれた者にしか宿らないハイレア・ジョブの持ち主だ。敵う者などいるはずもなかった。

冒険者になってからも次々と依頼をこなし続け――ついにはパーティの長として、栄えある勇者の称号を手に入れたのだ。

勇者になったということは、国に冒険者の代表であると認められたようなもの。

つまりリステリア国内において、冒険者の頂点に立ったことと同じだった。

加えて物心ついた頃から恋慕の情を抱いていた幼馴染のセレネを我が物にする為、邪魔になっていたルインをパーティから追い出すことにも成功する。

何もかも、全ては順調だったのだ。しかし、それがどうだ。

ルインがパーティを抜けてからというもの、やることなすこと全て上手くいかなくなった。受けた依頼は全て失敗。倒せていたはずの魔物や魔族にもみっともなく敗走する始末。

これではセレネの言う通り、ルインのおかげでパーティが活躍できていたと認めるしかなくなってしまう。

つまりは、自分が勇者になれたのは、ルインが居たからということに――。

「違う……違う違う違う違う！　絶対に違う！」

ふっと湧いた考えをクレスは必死に否定した。そんなはずはない。自分は誰よりも強い。スキルもろくに使えなかった役立たずのルインなどに助けられていたはずがないのだ。

完璧で、完全な、魔王を倒す勇者なのだから。

「そう……そうなんだ。ルイン……きっと、あいつが裏で工作していたんだ。俺に復讐しようとして、仲間の女と共に画策して邪魔をして……絶対にそうだ！」

確証などは何もない。だが、声に出すと徐々に、本当にそうであるかのように思えてきた。目に見えないところでルインが計画を立て、自分を陥れようとしていたのだろう。

「……ルインが悪いんだ。全てあいつのせいだ。あいつさえいなければ……！」

クレスは折れんばかりに歯を食い縛り、怨嗟の声を漏らした。

「仰る通りですよ、クレス様」

その時。大通りへと続く路地から誰かが姿を見せた。クレスが見ると、そこにはアルフラ教の神官服を着た人物が立っている。以前、スキルを向上させる腕輪をくれた男だった。

「お前……そうか、ウルグの街に派遣されたと言っていたな」

「ええ。その様子ですと……どうやら、道具はお役に立てなかったようですね」

「ああ。見ての通りだ。俺は今、最大限に気が立ってる。何するかわからないぞ」

本気の声で脅すが、フードを目深に被った男は臆することなく手を挙げた。

「どうか落ち着いて下さい。街の者からあなたが何やら荒れた様子でこの空き地に入っていったと、聞いて参った次第で」

「……だからなんだっていうんだ？」

「ええ。私も話を聞いただけなのですが……なんでも、ルインさんという青年が街を救ったと。もしや彼がクレス様の邪魔をしたのでは？」

「……。察しが良いな」

クレスが眉を顰めると、男は淡々と続けた。

「はい。というのも、少し前にリステリア王都本部にいる知り合いから手紙で妙な情報を知らされておりまして。なんでも――最近、ルインという人物が魔王の封印を解き、彼の者を配下にする力に覚醒したというのです」

「……なんだと!?　だ、だが、そんなことがありえるのか!?」

「ええ。私も耳を疑いました。しかしルインさんが連れていた黒髪の女が魔族であることは間違いないようで……だとすれば、もしや、と」

「魔王を従える……もしそんなことが可能なら……」

危険級指定の魔物を二人で倒したのも、理解できる話だ。

「ええ。魔物使いがクラスチェンジした結果が、魔王使いというわけです。それに……ルインさんは、どうやら領主と交渉し、魔族に物資を受け渡す算段をつけたそうで」

「なに……？　じゃあ、あいつは、本当に魔族の味方になったのか⁉」

「可能性はあります。それに領主は見返りに魔族から魔物の素材を受け取ったそうです。これが何を意味するか分かりますか？　クレス様」

男の問いかけに、クレスは無言で先を促す。

「現在、魔物の素材はアルフラ教がそのほとんどを管理しています。その理由はアルフラ教がそれらを使った道具を造る為でもあるのですが、何よりも、そうしなければならないほど危険な代物だからなのです。扱いを知らぬ者の手に渡り、恐ろしい兵器となれば取り返しがつかないことになるやもしれません」

「それは、まあ、そうかもしれないが」

「ええ。ですからあのルインという青年は、魔王を配下にするだけでなく、魔物の素材を市場に流すことで世情に混乱を起こそうとしているのではないかと」

「……なるほどな。そういうことか」

「ルインさんがクレス様の邪魔をしたことで、私は確信を得ました。彼は表で街の英雄になりながら裏で魔族の側について、何か恐ろしいことを目論んでいる。人心が乱れた隙をつき、魔王を率いてこの世界を乗っ取ろうとしているのかもしれません」

「はっ——あいつが世界を、ね。ぞっとしない話だが、幼馴染の俺を裏ではめようって奴だ。それくらいのことはやってもおかしくない。……それで？」

「ええ。そこで教会としては是非、クレス様に勇者として、ルインさんを止めて頂きたく思うのです。魔王を従えるルインさんは最早、新たな魔王そのものといって過言ではない。であればやはり、偉大なる勇者たりえるクレス様に倒して頂くのが筋かと」

「……。確かに、それはそうだが」

以前のクレスだったら、即座に請け負ったことだろう。

だが、認めたくないものの、男に貰った道具を使って尚、ルインに返り討ちにあったのは事実だ。魔王使いなどというハイレア・ジョブをもつ彼を相手に、無策で再び挑むほど愚かではなかった。

「今の自分ではルインさんに勝つことはできない。……そうお思いですか？」

口を噤んでいたクレスは、男から図星を突かれていきり立った。

「おい、口の利き方に気を付けろ!!」

「これは失礼しました。ですが、もしそうであるなら、ご提案があるのです。——クレス様も、魔王を配下にするつもりはありませんか？」

「……そんなことが出来るのか？」

思わず身を乗り出したクレスに男は鷹揚に頷いた。

「ええ。以前、私は王都を離れる際、アルフラ教で研究中の道具を幾つか持ってきたとお話ししましたね。これをご覧ください」

言って男が見せてきたのは、小さな瓶だ。中に深い緑色をした液体が入っている。

「この薬の香りをかがせれば、魔王を意のままに操ることが出来ます」

「ま、魔王を、だと⁉」

「はい。魔族に対しては効果が証明済み。いかに魔王とは言え、種族に変わりないのであれば通じるはずです。とは言え理論段階ではあるので、実際に魔王に対して使うのが一番良いのですが……現魔王へ使うにはいささか時間がかかり過ぎる」

「……まあ、そうだな」

今の魔王が占拠する城に乗り込む前には、配下である大勢の魔族との激戦が待ち受けている。その為、勇者の称号をもつ冒険者達が各国に居るにも拘わらず、未だ誰一人として魔王との対面すら叶っていないのが現状だった。よって、仮に開発した薬を使うにしても、その結果を聞く時がいつになるのかすら分からない。

「ですが封印されている魔王であれば別です。クレス様は勇者ですから、かつての魔王が居る位置はご存じのはずでしょう」

「ああ。あくまでもリステリア国内だけだがな。何か問題が起こった時の為に、称号を授与された時教えられた」

「では、その内の一匹でもいい。この薬を使い従えてみてはどうでしょう」

「だが魔王は封印されているはずだ。それが解除できるのか」

「それはご安心を。クレス様は国王様より、魔王を封印する際、至宝を使う為の道具を託されましたね？」

クレスは頷いて、腰に下げていた革の鞄から、袋に包まれた物を取り出した。内部には透き通るような赤色を宿した水晶体が入っている。これを弱体化させた魔王の前にかざすことで王都で管理されている女神の至宝が発動、遠く離れた地から光を放ち、一瞬にして現場に到達して効果を齎すのだ。

「誰にも知られてはいないことですが、その道具は逆に封印を解除することも可能です」

「……そうなのか？」

「はい。本来は使う必要のないものですから、教会でも一部の者以外には秘匿されておりますが。今回は薬の効果を実証する為の特例ということで、アルフラ教本部から許可は頂いております」

「だが、もし、失敗すればどうする」

「その際は、また封印なされば良いことです。解除直後の魔王は、至宝の副作用によって力が半分以下に抑えこまれておりますから、勇者の称号を持つあなたであれば可能でしょう。もし不安である、ということであれば、こちらとしても他の冒険者にも協力を要請し、大人数で挑むつもりではありますが」

クレスの中で迷いが生まれた。以前に装備した腕輪は確かに強力な効果をもっていた。魔物の素材を使いあんな物を造り出せるのであれば、彼の話もあながち否定できるものではない。ただ、如何に弱体化しているとはいえ魔王は魔王だ。もしものことがあれば対処できるのだろうか。

(……だが、俺以外の人間がいる状態で魔王を配下に置いたところで、それは俺の物にはならないだろう。この国の王に徴集されて戦力にされてしまうのがオチだ)

だとすれば——。

「……他の奴等の助けは要らない。だがその代わり、このことは俺以外の奴には言うな」

「承知しました。ですが本当に宜しいのですか?」

「二度同じことを言わせるな。寄越せ!」

クレスは立ち上がると、男の手から瓶を奪い取った。

「……もし本当に魔王を従えることが出来れば、ルインの奴を倒すこともできる」

同じ力をもっているのであれば、別のハイレア・ジョブを使える上、スキルの力も上がっている自分の方が圧倒的に有利だった。彼を制した後は同じ薬を使い、別の魔王を次々と手下にすればいい。そうすれば、現魔王など敵ではないはずだった。

「確かここからそう遠くないところに、別の魔王の城があったはずだ。……どうやら、今度こそ風向きが変わってきたみたいだな」

まだ間に合う。ここからまた、勇者として最高の人生が送れるようになるはずだ。

クレスは突如(とつじょ)として降って湧いた希望に対し――壮絶(そうぜつ)な笑みを浮かべた。

翌日。もう少しゆっくりしていってはどうか、という領主やアンナの勧めはあったが、ルインはウルグの街を出発することにした。

魔王に関しての情報については定期的に現在地を知らせる手紙をレーガン宛(あて)に出し、何かあれば返信をもらう手筈(てはず)になっている。ならば現魔王より先に他の魔王を仲間にするには、どれほどの時間がかかるか分からないことを踏まえ、行動は早い方が良いと思ったのだ。

「本当にお世話になりました、ルインさん」

「良かったらまたこの街に遊びに来てね」

領主レーガンとアンナに見送られ、ルイン達は彼らの屋敷を後にした。

行き交う道で会う人、会う人にルインは手を振られ、親しげに声をかけられる。

彼らの中でルインはすっかり街の救世主となっており、中には握手を求める者までいた。

「ふふ。ルインも随分と有名人になったものね。まるでルインこそが本当の勇者みたいよ」

セレネが殊の外、嬉しそうに告げる。

「そ、そうか？　こういう扱い慣れてないから、そわそわするんだけど……」

子ども達から名を呼ばれ、手を振りながら、ルインは言った。

「ふん。ルインは勇者などという下らんもんにならんでいい。魔王じゃ、魔王」

気にいらないというようにサシャが鼻を鳴らすと、セレネが小首を傾げる。

「それもどうかと思うけど……でも、魔王なんだったら、それをテイムしたルインはなんでしょうね、魔王王？」

「語呂が悪いのう。王魔王の方が良くないか？」

「いや、普通にルインでいいから」

ルインが苦笑しつつ街の広場を通り、入り口まで来ると、兵士たちが門を開けてくれた。

敬礼する彼等に頭を下げ、そのまま外に出ようとしたが、

「おい、待てよ、ルイン」

　制止する低い声にルインは立ち止まり、振り返った。

　そこには――昨日返り討ちにしたクレスが立っている。

「なんじゃお主。まだおったのか。尻尾を巻いて逃げ帰ったのかと思うておったぞ」

　サシャが面倒な輩に出くわしたというような顔で言った。

「黙れ！　お前ら、このまま何事も無く街を出て行けると思ってるのか？」

「クレス、いい加減にして。もう依頼は解決したのよ。それを――」

「俺の中じゃ解決してないんだよ!!」

　セレネの咎めるような声を、クレスは強く遮った。

「……一体なんの用だ？　ヴァン達はどうした」

「ふん。ルインに再戦を挑むと言ったら、もう付き合ってられないとさ。メアまでやめておいた方がいいと抜かす始末だ。だから置いてきた」

「お主、あれだけあっさり倒されたのにまだ諦めておらんのか。何度やっても無駄じゃ」

「ああ。すまないが、サシャの言う通りだと思う。これ以上戦っても君が傷つくだけで、何にもならない」

　サシャが言うのに合わせてルインが諭すと、クレスが怒りに耐えるように震えた。

「なんだ、その余裕ぶった態度は……！　お前如きが俺にそんな口を利いていいと思ってるのか！　前と同じだと思うな。魔王を使役できるのはお前だけじゃないんだぞ!?」

「……どういうことだ？」

ルインが眉を顰めるのに、クレスは裂けるような笑みを浮かべる。まるで、絶対的な勝利を確信したかのように。

——そして、次の瞬間。

「さぁ……来いよ、【魔王リリス】！」

口角泡を飛ばしながら、クレスが片手を天高く突き上げた。間もなく、彼の周囲に突風が走る。あまりの勢いにルインは思わず腕を前に出し、自らを庇った。

やがて空から地面へと、何者かがゆっくりと降り立つ。

鳥の如き双翼を背中から生やした少女だった。肩の辺りで切り揃えた髪は、見るだけで寒気を覚えるような、鮮やかな水色。切れ長の目に宿る瞳もまた同色であり、視線をかわした相手をそれだけで凍てつかせてしまうような冷たさを持っていた。

血の気のない真っ白な肌に、薄い色素の唇。

荘厳な意匠を施された衣服の上から、サシャのように外套を羽織っている。

一見すれば人間の少女——だが彼女の額からは、鋭利な槍先を思わせるような一本の角が生えていた。

「ま、魔族だ！」

住人の誰かが叫び、一瞬遅れて、その場に居た全員が悲鳴と共に逃げ出した。

「魔王……⁉　まさか」

セレネが息を呑むのに、クレスは高らかに応じる。

「そうだ！　こいつは正真正銘、三代目の魔王！　かつてこの世界に君臨した、絶対的な力の持ち主だ。ルイン、お前が連れているそいつと同じでな！」

「……どうして君が魔王を従えている？　剣聖にそんなスキルはなかったはずだ」

ルインの疑念にも、クレスは昂揚した様子で答えてくれた。

「何も知らないんだな。既にアルフラ教は魔王を配下にする為の術を生み出しているんだよ。今回はそれを勇者である俺に与えてくれたというわけだ。ルイン――魔王使いとやらに覚醒したお前を危険視し、打ち倒すようにとな！」

「なんじゃと⁉　アルフラ教がそのようなものを……まさか」

サシャが驚愕する様を心底から面白がるようにして、クレスは手を叩いた。

「さぁ、ルイン！　俺とお前の魔王、どちらが強いか試してみようじゃあないか」

「下らない。オレにはそんなことに付き合っている暇はない」

一蹴したルインに、クレスは笑みを引っ込める。

「……お前の意見なんざ、端から聞いてないんだよ」

代わりに現れたのは、憎しみを極限まで高めたおぞましい表情だった。

「お前の画策で俺は貶められた。その落とし前をつけさせてもらう！」

「なんのことだ。オレは何もしてないぞ」

「とぼけても無駄だ！　さぁ——やれ、魔王リリス！　お前の力を見せてやれ！」

クレスが真っ直ぐとルインを指差してくる。

それに従うよう、リリスは両の手を強く握りしめ、ゆっくりと顔を上げた。

「————ッ！」

同時に、街中に響くかのような咆哮を迸らせる。まるで、あらゆる獣が同時に叫んでいるかのような奇妙な声だった。

直後、リリスの脚が変化を始める。針金のように尖った毛が生え始め、爪が長く伸び刃物を思わせるように先鋭化した。また両腕も肥大化し、強靭な筋肉と分厚い骨に変化。最後に、表皮へびっしりと赤銅色の鱗が生え始める。

「私の名はリリス。かつて【獣の魔王】と呼ばれた存在」

魔王リリスは、静かに告げた。

垣間見える口元から――全てを噛み砕くような、凶悪な牙を覗かせて。

「ルイン、テイムじゃ！　アルフラ教がどのような手を使ったにせよ、魔王使いとしてのスキルは通じるかもしれん。とっととやらんと面倒なことになるぞ！」

「……ああ。どうも、話し合いをするような雰囲気じゃないらしい」

先刻からルインは、リリスから放たれる、肌が痺れる程の殺気を感じていた。

話し合いどころか、言葉を交わすことすら出来ないだろう。

『テイム対象を捕捉。獣の魔王リリス。スキルを発動しますか？』

意識を集中することで現れる託宣に、ルインは触れた。

「すまない。まずは君を拘束させてもらう。スキル発動を承認。リリスをテイムする！」

宣言と同時にルインの目の前に首輪が構成された。それは空中を高速で移動し、リリスの首へと嵌まる。

「っ、これは……？」

リリスが分厚い首輪に手をかけた。突如として発生した違和感に不快さを覚えるよう、表情をわずかに歪めている。それを見たサシャがせせら笑った。

「無駄じゃ。その首輪は一度嵌まればわらわとて外せんかった代物。いかな魔王と言えどお主には壊すことなど到底不可能――」

「鬱陶しい――――！」

激しい音が鳴る。リリスは渾身の力を込めて、首輪を強引に引き千切った。

「な……なにいいいいいいいいいいいいい!?」

サシャが衝撃を受けたように仰け反って硬直する。

『テイムに失敗しました。対象の抵抗値を減少させて下さい』

託宣の内容にルインは瞠目した。

「あ……そうか！　彼女は余力があるんだ。だからテイム出来ない！」

「どういうことじゃ!?　なぜわらわが簡単に捕まったのにあやつは逃れられる!?」

「魔物使いもそうなんだが、テイムする時には相手をある程度弱らせてからじゃないとダメなんだ。そうしないと抵抗されて無効化されてしまう。サシャは勇者に封印される前、最後の力を振り絞って城を隠したんだろう？　だから解放直後には弱体化していてテイムが成功したんだけど、彼女の場合はそうじゃないんだ」

ある程度の抵抗値――反抗できる力を削いでからでなければ、テイム出来ないのだろう。

「……なんじゃ、そういうことか。ならば、それはあれだな。わらわがあやつより弱いわけではなく、逆に最後の最後まで諦めず人間どもに対抗したからこそ、お主のスキルにやられてしまったと、そういうわけじゃな!?」

「ああ、そういうことだと思う」

「そ、それなら納得じゃ！　おい、後輩！　お主がわらわより強いのではないぞ！　寧ろわらわはお主より根性があるのじゃ！　そこのところを勘違いするでないぞ！」

「……良く分からないけどどうしてそんなに必死なの？」

リリスから不思議そうに訊き返されて、サシャは「うぐ」と押し黙った。

「そ、それはその。わらわは最古にして最強の魔王だからして……いやまあ、良い！　とにかく！　お主、面倒じゃから抵抗などやめて、大人しくわらわのようにテイムされよ！」

「はっ、そんなことを聞く必要はない！　目の前に居るルインと魔王を纏めてぶっ殺せ！」

クレスの命令に、リリスは小さく頷く。

「当然。さっき妙な真似をされた仕返しはする。でもその前に――」

次いで彼女は、感情の一切が失せた顔で、クレスの方を見た。

「さっきから、偉そうな口を叩いているあなたを黙らせる」

リリスの姿が消えた。地面だけが遅れて砕け散る。

ルインが瞬きする間――風が鳴るような音と共に、彼女の姿はクレスの目の前に現れた。

しなやかな体には不似合いなほどに巨大な腕が、躊躇いなく振るわれる。

巨岩の如き拳が、クレスの顔面を直撃した。

「げべっ――」

奇妙な声と共にクレスは吹き飛んだ。近くにあった建物の壁へと激突し、砕け散って積もる瓦礫の下へと沈む。

「私は魔王。人間の軍門には降らない」

淡々と言って、リリスはルイン達の方を見てきた。

「……おか……しい……。薬……使った……のに……」

瓦礫の下から、消えるようなクレスの声が聞こえる。普通の人間であれば即死する段階の攻撃ではあったが、ハイレア・ジョブによって肉体が強化されていたおかげで、瀬戸際で命を拾ったのだろう。リリスは、もう一度、彼の方をちらと見て言った。

「あの妙な臭いのするやつのこと？　確かに頭がぼうっとして、気付いたらここにいたけど、少し前に正気に戻ったよ」

「……く……そ……役立たず……が……！」

「うるさい。黙れ虫けら」

リリスは大地を踏みつけて砕くと、噴き上がった瓦礫の一部を手に取って軽々と投げた。轟風を伴うそれはクレスに当たり、彼は悲痛な声を上げて沈黙する。

「……セレネ、クレスをどこか治療の出来るところへ運んであげてくれ。それが終わったら住民達に事情を話して退避を誘導して欲しい。何があるか分からないからな」

「え、ええ、分かったわ。でも、ルイン、あなたは？」

「リリスと戦って、弱らせて、テイムする。現状それが出来るのは、オレとサシャだけだ」

断言したルインに、セレネはわずか呆然となった。

だが――すぐに頷くと、駆け出す。精霊術によって瓦礫を取り除き、クレスを風の膜で覆って空中に浮かべた。

「分かったわ、ルイン。待ってる。他ならぬ幼馴染として。あなたなら必ず勝てると、わたしは信じてる……いえ、知っているから」

笑みを作るセレネに対し、ルインもまた目線で応える。

「何を勝手なことをしているの。久し振りに外へ出られたんだ。人間は全て殺す」

リリスがセレネに狙いを定め、動き出そうとした。

だが――その前に何かを察したかのように身を竦ませ、即座に後退する。一瞬遅れて、彼女の居た場所に、漆黒の炎が降り注いだ。

爆音が轟き、頑丈な石の敷き詰められた道がごっそりと抉り取られる。

「悪いがお主の目の前にいるのは、他のことに気を取られていて良い相手ではないぞ」

サシャが闇深き焔を全身から迸らせながら、残忍な笑みを浮かべた。リリスは小さく舌打ちして、ルインとサシャに視線を戻す。その間に、セレネは場から脱出した。

「……まあいい。どうせ封印から抜け出した手始めに、この街を壊そうと思っていたから。始末するのが早いか遅いかだけの違い」

　目を細め、冷酷な口調で、リリスが告げる。

「まずはあなた達からやる。手間がかかると面倒だから、抵抗しないで」

「そうはいかんな。生憎とわらわ達は、そう大人しい生き物ではないのじゃ」

　腕を組んで胸を張るサシャに、リリスは不審げな眼差しを送った。

「そういえば、あなた、なに？　さっき、最古の魔王とか名乗ってたけど」

「ふむ。よくぞ聞いたな後輩。わらわこそ世界最初にして最強の魔王！　死の魔王こと、サシャじゃ！　この尊き名、三代目であるお主であれば聞いたことがあるじゃろう！」

「ない」

「え」

「全然ない」

「……そうなの？」

　サシャの問いかけに、リリスは無言で頷く。

「……そうなの」

呟くと、可哀想なくらい気落ちして、サシャはその場に蹲った。

「サシャ。あの。まあ、大丈夫だよ。二代目は知ってるから」

つい慰めてしまったルインに、サシャはしばらくしてから、再び立ち上がる。

「――その通りじゃ！　三代目ともなると時間も経っておるじゃろうしな！　ええい、この無知蒙昧な魔王め！　わらわがその咎、裁いてくれるわ！」

立ち直りが早いなと思いながら、ルインはリリスへと言った。

「オレはルイン。君がこの街で暴れるというなら、止めさせてもらう」

「……あなた、勇者？」

「いや。ただの人間だよ」

「ただの人間が、私を止められるとでも？」

ルインは特に誇るわけでもなく、挑発するわけでもなく。

ごく当たり前のこととして、リリスの問いに答えた。

「ああ。出来るさ」

リリスの殺意が更に膨れ上がる。

圧倒的なまでの迫力を以てして、ルインを睨みつけてきた。

「なら――やってみればいい」

轟音が鳴り響き、大地が激しく砕けた。リリスの姿が消失する。尋常ならざる力で足元を蹴ったのだと、ルインが悟ったその時にはもう。――彼女は目の前まで接近していた。

急ぎ身を沈めて後方へと逃れる。その一瞬後、ルインの居た場所にリリスが拳を叩きつけ、いとも容易く広範囲に亘って破壊した。石道が深く陥没し、瓦礫が舞い上がる。

「……クレスの時も思ったけど、凄まじい力と速さだな。見たところ脚は【アサルト・ウルフ】の、腕は力に優れた【レッド・エンペラー・ドラゴン】のそれに似てる」

ルインが魔物の名を挙げるとサシャは頷いた。

「ふむ。あの女、異名から察するに魔物の力を権能として使うことが出来るようじゃな」

その間に、リリスの腰から巨木の如き長く太い尾が生えた。腕と同じ色の鱗を持つそれを、小枝のように振り回す。

舌打ちしたサシャはルインと共に地面を蹴って空中で回転、後方へと距離をとった。

「よく分かったね。その通り。私はあらゆる魔物の力を思うさまに操れる。……まあ、分かったところで対処しようもないだろうけど」

次いで大きく息を吸い込んだリリスが――一気に、それを吐き出した。

鼓膜をつんざくような音が鳴り響き、ルインが思わず耳を塞いでいると、リリスからこちらに向かって一直線に床が崩壊していく。

「不味い。あれは【ブレイク・マウス】の力だ。当たれば体がもぎ取られるぞ！」

ルインはサシャを掴むと右へと逃れた。咄嗟の行動で直撃は避けられたが、ルインの服の裾がわずかに当たって刹那で無惨に引き千切れる。

「ぬう。わらわ程ではないが、さすが魔王というべきか」

「ああ。……さて、それじゃあ、そろそろ反撃と行こうか？　サシャ」

ルインは現状を冷静に把握した上で――それでも気軽な調子でサシャに声をかけて、手を翳した。

「任せよ。魔王としての格の違いを見せつけてやるのじゃ！」

サシャもまた、頭上高くに手を掲げる。

「魔装覚醒！」「【絶望破壊】！」

ルインは眼前で躍る炎から、長槍を抜き出した。

一方、サシャの掌からも漆黒の焔が唸り、轟々と燃え盛る。

「わらわ達に喧嘩を仕掛けたこと、その身で後悔するが良い！　後輩！」

サシャは叫びと共に炎の球を次々と放った。しかし、リリスはそれを高速の動きで避けていく。更にその間に肉薄し、目にも留まらぬ速度で連続的な攻撃を仕掛けて来た。

視認し難い体感速度を誇る脚に、当たれば岩さえ粉微塵にしてしまう力を持つ拳――二つを兼ね備えた戦い方には、さしものサシャも対処に苦慮しているようだ。

「ぬう、やはりすばしっこいのは苦手じゃ！　ルイン！　なんとかせえ！」

ルインは頷いて、手に持った槍を振り回した。

「獣の力を持つ私に、接近戦で勝てるとでも？」

泰然と構えたリリスに、ルインは一歩踏み出す。

「──そんなこと、思ってないさ」

勢いのままに槍を繰り出した。大気を砕いた矛先が虚空を貫き──。

そのまま、空間を無視してリリスの眼前に現れた。

「これは……ッ⁉」

慌てたようにリリスが右へ逃れる。構わずルインは彼女に反撃の余地を許さないまま、瞬速に依る刺突を連発した。距離という概念を破壊し、至る所から次々と槍が現れては牙を剥く。リリスは攻撃の瞬間を見極められず回避行動をとるしかなかった。

「厄介な真似を。でもこんなもので……！」

リリスは背中から生やした翼をはためかせ、空へと高く舞い上がる。

そのまま彼女は地上に居る時を遥かに超える速度で移動を開始し、次第にルインの攻撃は追いつかなくなっていく。その隙をついて、リリスは翼を力強く羽ばたかせた。

風が唸る。疾風は竜巻となり、竜巻は成長し嵐となった。

全てを飲み込むが如き大きさと鋭さを持った風の渦が、ルインに向けて降り注いでくる。

ルインは炎を出現させると、内部から長剣を取り出した。

素早く得物を振るい、竜巻を打ち砕く。構成していた魔力を吸収し、刃が巨大化した。

「権能を消した？　さっきから妙な真似ばかり。だけど、無駄だよ」

リリスが高速で翼を動かした。先ほどよりかは小規模ではあるが、それでも凶悪なまでの勢いを持つ竜巻が、刹那で幾つも生み出される。

それらは一斉に、鼓膜をつんざくかのような音を発しながら、ルインへと向かってきた。

「いかん。さすがにあれは対処できぬ。ルイン、逃げよ。わらわはともかく、お主があれに巻き込まれては助からん！」

サシャの助言は確かだった。一つや二つならともかく、これほどの数を無効化するのは難しい。ルインは再び槍を取り出して構えたまま、真っ直ぐとリリスを見上げ――。

呼吸を一つ。そして、風の唸りを目指して跳んだ。

「馬鹿なことを。そのまま死ねばいい……！」

リリスが抑揚のない口調で言うのに、ルインは槍を突き出した。

見えぬ壁を突破した矛先は、リリス――。

ではなく、ルイン自身の頭上から、姿を見せる。

「なにを……」

意図が読めずわずかに顔を顰めるリリスを前に、ルインは空いた手で槍を掴んだ。

そのまま力を込めて己の体を持ち上げると、素早く得物を手放し、落ちる柄を蹴り飛ばして更に高く、斜め上へと跳躍する。

竜巻の群れを飛び越え、リリスの頭上へと位置取った。

刹那で炎を出現、取り出した剣を振りあげ――ルインは彼女が反応するより早く。

そのまま、落下に合わせてリリスの頭上へと叩きつける。

「――ッ！」

その身に刃をまともに受けたリリスは、猛速度で地上へと向かう。

破砕音が鳴り響き、彼女は大量の粉塵を巻き上げながら、硬い地面に衝突した。

「くっ……人間が……！」

それでも起き上がり、ルイン目掛けて頑強な両拳を握り締めるリリス。

だがルインは既に次手を打っていた。長剣を消すと、炎の中から異なる得物を取り出す。

携えた弓の弦を強く引き、矢を立て続けに放った。

矢先はリリスではなく彼女の周りを囲うように綺麗に突き立ち、同時に、爆発する。

強烈な炎上と衝撃が大地を喰らい、容易く瓦解させた。リリスの足元は脆い土塊のように崩れ、一瞬で大きく穴が空く。彼女はそのまま均衡を乱して、更に底へと落ちた。

「今だ！　やれ、サシャ！」

「良かろう。お主の用意したこの機会、無駄にはせぬ！」

ルインが着地するのとほぼ同時、サシャが疾走する。

彼女は大地を蹴って跳ぶと、リリスに向けて手を大きく振った。発生した黒き劫火が――名の如き絶望を味わわせる威力と規模を以て、獲物目掛けて降り注ぐ。

世界を震撼させるに相応しき異音が、辺りに響き渡った。

「嗚呼アアアアアアアアアアアアッ!!!」

リリスの高く、悲痛な、苦しみの声が放たれる。ルインの空けた穴を更に広げ、掘り進め、積み上がる瓦礫すら消し去って――サシャの攻撃は、ようやく終わりを告げた。

ようやく静寂が戻る中、サシャは着地し、腕を組む。

「ふん。小生意気な輩ではあったが、所詮はこの程度。わらわとルインの敵ではないわ！」

誇らしげに言い放つサシャ。

そんな彼女へ――答える者が、あった。

「勝手に、終わらせないで」

深き穴底から影が飛びだす。リリスだった。全身に傷を負いながらも、彼女は未だ闘争心を失わず大地に立ち、荒い息と共にルイン達を睨み付けてくる。

「……ちぃ。テイムの為に威力を抑えたのが仇となったか。破壊し尽くさぬというのも調整が難しい。ルイン、テイムはまだ無理か⁉」

「ああ。後一歩だとは思うんだけど」

浮かび上がる託宣には未だ『抵抗値を減少させて下さい』の文字があった。

「ただ同じ手は通じないだろう。何か彼女の意表を突くような……」

言いかけて、ルインは口を噤んだ。

「どうした、ルイン。なにか手を思いついたのか？」

「……ああ。やるだけやってみよう。助けを頼めるかな」

サシャはルインの呼びかけに対して、嬉しげに、愛おしげに笑う。

「無論。人と魔が手を結ぶ。わらわの求める理想は、即ちそれその物じゃ！」

ルインもまた口元を緩めると、炎を呼び出した。長剣を手にする。

「二度同じ過ちは犯さない。逃げ場はなくす……！」

リリスは大きく息を吸い込んで、一気に吐き出した。

彼女の口内から火球が放たれ、それは空気に触れると一瞬で巨大に膨れ上がった。

更には激しい音と共に弾け跳び、幾つもに分裂する。

ルインの視界の全てを、炎の弾が覆い尽くした。

先刻の竜巻とは比べ物にならない数だ。前後左右に加え上下に至るまで、全ての移動先に殺意の炎が待ち構える。――が。

「……問題ない。今度は逃げる必要がない」

ルインは得物を頭上に構え、両足を大きく広げると、

「真っ向勝負だ。サシャ、オレの剣に君の全力で権能をぶつけろ！」

覚悟のままに、そう叫んだ。

「なに……!? だがそんなことをすれば！」

「いいからやってくれ！　何とかして見せる！」

「……お主という奴は、魔王であるわらわを以てしても、本当に読めん男じゃ」

言葉とは裏腹に何処か喜びを孕んだような口調で言って、サシャは続けた。

「後悔するなよ。どうなっても知らんぞ！」

轟、とサシャの焔が躍る。離れているルインの背すら焦がす程の勢いで、遥か高く全てを燃やし尽くさんと迸った。

「いけ……！　絶望なる破壊を齎す炎よ！」

サシャが解き放つ闇深き炎が、ルインの持つ長剣に宿った。

本来であれば瞬く間に全てを滅するはずのその力は——しかし。

魔王使いであるルインによって砕かれ、掌握され、自身の力となって転換。

手に持つ剣の刃を、大きく、更に大きく、途方もなく大きく——。

天すら貫く長さへと、伸長させる。

「……くっ！」

ルインの腕が、筋肉が、骨が、尋常ならざる悲鳴、いや、絶叫を上げた。

当然だ。うず高い塔をその両腕で支えているようなものである。本来なら容易く膝をつき、そのまま押し潰されてしまうはずだった。

しかしそれでも、ルインは耐える。耐え抜く。

大地をしっかと踏みしめて、雄々しくその場に立ちおおせる。

「……そんな……！」

それまでほとんど変わらなかったリリスの表情が、はっきりとした驚きを示した。

「……オレには努力しかなかった。だから鍛錬をただひたすらに繰り返したんだ。無駄に終わるんじゃないか、そんな不安もこみ上げたことがあったよ」

ルインは息をつきながらも、余裕を見せて笑った。

「だが、やり続けて良かった。これならまだ——十分に、扱える！」

ルインは手に力を込め、剣の柄を握りしめた。

「嘘だ。そんなもの振るえるわけがない。いけッ！」

リリスが指示を飛ばし、火球が一斉にルイン目掛けて襲撃をかけてくる。

避ける場所などない。当たれば炎上。炭と化す。

ならば話は簡単だ。ただ——壊せばいい。

「おおおおおおおおおおおおおおっ！」

ルインは一歩、踏み込んだ。自重で大地が沈み、砕け散る。

それでも歯を食い縛り、剣を——。

「喰らええええええええええええ！」

——剣を、正面から、振り下ろした。

刃が無数の炎を喰らい、切り裂き、砕き散らしていく。

それにより剣が更に巨大化し、人が扱う段階を遥かに超えた。

ウルグの大通りを覆い隠し、天空から降り注ぐそれは、さながら神の鉄槌。

かつて魔族に下されたという創造主アルフラの御業を思わせるような痛烈にして埒外の、異端なる一撃だった。

そして、無数の破壊の果ての果て——切っ先は、ついに、リリスへと届いた。

予想し得ない攻撃を前に立ち尽くす彼女は、抵抗する間もなく直撃を喰らい。

巨人が発する咆哮の如き音と共に、大地へと倒れた。

「……っ……はあ……はあ……さすがに疲れた……」

ルインは大剣を消すと、その場に膝をつく。

「当たり前じゃ。いくらハイレア・ジョブで肉体が強化されていると言っても、あれだけの得物、普通の人間どころか魔族ですら扱えぬ。お主、どれだけ常識外の生き物なんじゃ」

横からサシャが感心したような、呆れ果てたような顔で言ってきた。

「はは。それほどでもないって。……それに、まだ終わってない」

ルインは再び立って歩き出すと、リリスの下へと近付いた。

見下ろすと、彼女は四肢を投げ出し、虚ろな目を空へと向けている。

「……信じられない。勇者でもあそこまではやらなかった。絶対に人間じゃない」

「その意見に関しては同意じゃ」

リリスの言葉に頷くサシャに、そこまでかなと思いつつ、ルインは手を翳した。

「スキル発動。魔王リリスをテイムする」

虚空に粒子が集まり首輪を形成した。それは、リリスの首へと嵌まる。

が、彼女は抵抗する力を根こそぎ失ってしまったかのように、されるがままだった。

『テイム成功。魔王リリスは魔王使いルインの配下となりました』

しばらくして現れた託宣に、ルインはひとまず息をつく。

「なんとかなったな。サシャの時とは比べ物にならないくらい大変だった……」

「おい。わらわは元々弱体化していたのじゃからな。それだけなのじゃからな。なんか、わらわが簡単にテイム出来る魔王みたいに言うな！」

必死の様子で主張するサシャを、ルインは「分かってるって」と宥めた。

「この首輪、なんなの？」

リリスが訊いてくるのに、ルインはかいつまんで説明する。

「……なるほどね。魔王を使役する。そんなハイレア・ジョブがあったなんて」

話を全て聞き終えた後で、リリスが諦観した顔で言った。

「まあ、いい。負けは負け。奴隷としてこき使うなり、体を弄ぶなり、好きにすればいい」

「いや、そんなことしないって」

「そうじゃ。それに奴隷はともかくお主の体など弄ぶほど大層なものでもあるまい」

言ってサシャは、自身の大きな胸を張る。リリスは少しむっとしたような表情をして、

「無駄に大きい脂肪の塊を持ってるからって、偉そうにしないで欲しい」

「だ、誰が無駄じゃ⁉　いや人生に無駄は必要なのじゃ！　お主のように無駄一つないつるぺたすとーんな体こそつまらんのだぞ⁉」

「胸が大きいと動きの邪魔になる。だから激しい戦いには向いてない」

「その邪魔になるものを下げている奴に負けたのは誰だったかの――ッ！」

サシャの煽りにリリスは苛立つように眉を吊り上げた。表情という意味では乏しいものの、彼女も感情がないわけではないらしい。

「二対一だったし。一対一なら負けないし」

「フハハハハハ！　負け犬の遠吠えとは、さすが獣の魔王じゃ！　さっさと認めて、大人しく胸でも戦いでもわらわに負けたと公言するが良い！」

「ぐっ……！」

「いや二人とも、その話は今、いいから」

放っておけば延々とやり合っていそうな会話を止めて、ルインは言った。

「その……別にオレは君を奴隷にするつもりはない。ただ協力して欲しいんだ」

「協力……？」

「オレとサシャは、人間と魔族が共存できる世界を目指している。その第一歩として、種族の区別なく一緒に暮らせる居場所を作るつもりなんだ。でも、その為には色々な障害があると思う。それを乗り越える為の力を、君に貸してもらえると嬉しいんだが」

「……そんなこと、出来るわけがない」

「難しいことは分かってる。でも、サシャは自分の時代でそれを実現していた。だったら、今だってやれないことはないと思う」

サシャが頷くのを見て、リリスは考え込むような素振りを見せる。

「人間も魔族もその心は変わらないのなら、可能性はあるはずだ。頼む。協力して欲しい」

「馬鹿馬鹿しいと思うかもしれん。じゃが、こやつとわらわは本気なのだ。わらわからも願おう。お主もわらわ達の旅に同行してはもらえんか」

深々と頭を下げたルインの後ろで、サシャが言った。

「……変な人間と魔族、だね」

リリスは顔を上げたルインに対して、目を細める。

「私は、昔、人間に大勢の部下を殺された。だから人間と和解は出来ない」

「……そうか、それであんなにも、人間への憎しみを……。そのことについては、オレも人間の一人として、心から謝罪する。でも、それは多分、こっちも同じなんだ。魔族によって殺された人間は大勢いる」

「そう。それでもあなたは、魔族と手を結ぼうというの？　憎くはないの？」

「……。オレも、育った村で魔族に家族を殺され、身を寄せて来た人達のことを見た。彼らの顔を見ていると、魔族に対して許せない気持ちが湧き起こったよ」

だからこそ、クレスと共に打倒魔王を掲げたのだ。

「でも、色々と魔族について調べていくうち、オレ自身も彼らに対して誤解している部分があるんじゃないかって、そう思い始めていた。極めつきにサシャ、つまりは魔族自身から真実を聞いて……だったら、憎み合っているだけじゃダメだって考えを変えたんだ」

ルインは拳を握り、リリスに対して笑いかけた。

「終わらせよう。お互いに許そう。過去の誰かが殺し合ったからって、今ここに居るオレ達まで命を奪い合う必要はない」

「……それは……」

リリスは呟いた後、顔を伏せた。そのまま黙り込む。やがて、彼女は深く息をついた。

「……人間への憎しみは簡単に消えない。あなたへの信用も同じ」

その言葉には、リリスがこれまで抱いてきた様々な悲しみや怒りが含まれている。

ルインは、やはりダメだったか、と無念の気持ちを抱いた。

だが、少し、間を空けて。

「でも」

と、リリスは繋げた。

「あなたの言っていることも、理解できる。だから、あなたが――人間が、歩み寄ろうとするのなら……私も、少しくらい、譲歩してもいい」

ルインを見上げ、出会って初めて、リリスは笑みを浮かべる。

「まあ、どうせ捕まえられた身だし。別にいいよ。あなたがそうしたいなら、やれるだけやってみればいい。どうせ無理だと思うけど、力くらいは貸してあげる」

「あ……ありがとう、リリス！」

近付いてルインがリリスの体を起こし、手を握ると、彼女はわずかに頬を赤く染めた。

「べ、別に心から協力しているわけじゃないから。あなたやそこの生意気な女が夢を諦めて落ち込むところを見たいっていうのも、あるし」

「なんじゃと！　生意気な奴じゃな！　おいルイン、やはりこやつを配下にするのは――」

「いいんだ、サシャ」

相棒の声を遮って、ルインは強く頷いた。

「それでもいい。もしサシャや……主であるオレが、君にとって協力に値しない人間だと思ったら、遠慮なく言ってくれ。テイム解除できるスキルを覚えたら即座に解放する」

「……うん。わかった。わかったから手を放して」

ルインが「あ、ごめん」と手を放すと、リリスは顔を背けた。既に耳まで赤くなりつつある。

「ふん。それにリリス、こやつにテイムされることは損なことばかりではないぞ。本来の魔力が戻りつつあるのを感じないか？」

サシャに言われて、リリスは自分の体を見下ろし、「あれ」と呟いた。

「本当だ。さっきまで半分くらいしかなかったのに」

「そういうことじゃ。ルインについていけば、時と共にお主の力も全盛期のものへと戻ることが出来るじゃろう」

「なるほど。ま、そういうことなら、良しとするよ」

リリスが頷くのに、サシャはやれやれといった感じに片眉を上げる。

「――ルイン！」

その時、通りの向こうからセレネが駆けてくる。

「セレネ、クレスはどうだった⁉」

「え、ええ、教会に運んで治療をしてもらったわ。意識はまだ戻ってないけど、命に別状はないって。もう少し遅ければ危なかったそうだけど……」

「そうか……良かった」

彼とは色々あったが、幼馴染を失うのはさすがに辛かった。

「ルインの方はどうなの。大丈夫だった？」

セレネから問いかけられ、ルインはリリスへと視線を移す。彼女はふて腐れながらも、何もすることなく、静かに佇んでいる。故に――。

「ああ、全部済んだよ。無事に、解決だ！」

ルインは、朗らかにそう返すのだった。

最終章 ―― 失い得たものの果てに

「ご報告します。ご命令通り、人間を利用し獣の魔王の解放に成功。ただし魔王使いルインによってテイムされました。……大変申し訳ありません」

ウルグの街高く。空中で事の成り行きを見守っていた男は、虚空に向かって呟いた。

『ふむ。死の魔王に続いて、か。此度の魔王使いは中々やるようだ』

間もなく男の眼前に四角く切り取られた薄い結晶体が浮かび上がり、何者かの顔が映し出される。ただし背後は淀んだ闇に満ちており、その造形までもは窺い知れなかった。

『だが……良い。許す。そもそもの目的は魔王を解放することそのものにある。それが実現しておるのであれば不問に付す』

「……寛大な御処置に感謝致します。引き続き、魔王使いの戦力を削ぐことに尽力しつつ、封印されし魔王の解放に動きます」

『ああ。疾く成せよ』

男が深々と一礼すると、低く、笑うような声と共に、闇と同化したその者は答える。

やがて結晶体は、現れた時と同様、音もなく消え去った。

男は眼下の光景を見下ろしながら、身に纏ったローブを——忌まわしきアルフラ教の印が刻まれたそれを脱いだ。

窮屈な衣装から解き放たれ、背中に生えた、皮膜のある小さな翼が開く。

「……魔王使い。面倒にならぬ内、始末しなければ」

男の呟きはやがて虚空へと溶けていく。

聞く者は、誰一人として、居なかった。


一連の騒動が落ち着いた後。ルインは状況説明の為、レーガンの屋敷を訪れていた。

「……なるほど。では、そのクレスさんがリリスさんを解放した、と」

話し終えたルインに対して、レーガンが険しい顔のままで頷く。

「クレスさんに関しましては、意識が戻り次第、こちらで対応しましょう。事情によっては勇者の称号を剥奪され、王都に連行し、収監されることになるでしょうが」

「……仕方ありませんね。あいつのやったことは大きな罪ですから。でも、当事者はクレスですが、原因の発端を作ったのはオレです。戦いの際に街を壊してしまったということもありますし……本当に申し訳ありませんでした」

深々と首を垂れたルインに、レーガンは穏やかな口調で答えた。

「いえ、とんでもない。ルインさんが謝る必要はありませんよ」

「そうよ。寧ろ、ウルグを守ってくれたことに感謝したいくらいだわ」

隣に居たアンナも同意してくれるのを見て、ルインはようやく胸を撫で下ろす。

「……そう言ってもらえると助かります。ただ、その、リリスに関しては……やはり、何らかの処分は免れませんよね」

クレスによって連れてこられたとは言え、ウルグに被害を出したのはリリス自身だ。このまま何も無しというのはさすがに虫の良い話だろう。

「私は謝るつもりはないよ。人間への意趣返しをしただけだから」

が、リリスはそっぽを向いて、唇を引き結んだ。

「おい、リリス。さすがにその態度はダメだろ」

「そうじゃ。過去はともかくこの街の人間がお主に何かをしたわけではないのじゃからな」

ルインとサシャから諭されるも、リリスは鼻を鳴らしただけだった。

「子どもじゃないんだから、自分のやった責任くらいとりなさいよ……まったくもう。王都に引き渡されて再封印されても文句は言えないんだからね」

額を押さえてため息をつくセレネだったが、

「……いえ。結構ですよ。不問とします」

レーガンがそう告げた為、驚いたように彼を見た。

「え、でも、彼女は魔王で、下手をすれば街が滅茶苦茶になっていたかもしれないのに」

「ですが、実際には街への被害はそれほどでもありません。住民への被害もありませんでした。ルインさん達のおかげです。それに、あなた達にはキバさんとの件で御恩がありますから……今回は何も無し、ということで」

「あ、ありがとうございます！　本当に！」

想定外の対応にルインは感謝しつつ、何度も頭を下げる。

「おやめください。ただ、ルインさん達には、これからも様々な苦難が待ち受けているでしょうが……どうか挫けずに邁進し、いつか夢を実現して下さい。それが、今回の件を見逃す唯一の条件です」

「……分かりました」

ルインは、決意を込めて答え、レーガンの差し出した手を強く握った。

「必ずサシャや、他の仲間と一緒にやってみせます」

「うむ。期待しておるが良いぞ。お主やキバのような者が居れば、人間と魔族が共に暮らす世界は、すぐそこじゃ」

サシャが鷹揚に頷くと、ぼそりと声が聞こえる。

「……まあ、その。封印から解放されてすぐで頭に血が上っていて、少しやり過ぎたとは思うけど。その辺りは、悪い、というか。それくらいは言っておく」

ルインが見ると、リリスが視線を逸らしながらも頬をわずかに赤らめていた。

どうやらレーガンの対応に、彼女も自身の行いを反省する気持ちになったらしい。

「素直でないのう。こういう時はごめんなさいと言うべきじゃぞ」

「サシャの言う通りよ。ほら、ごめんなさいは？　ご・め・ん・な・さ・い」

が、サシャとセレネから交互に言われて、リリスはむっとしたような顔で返した。

「言わない。絶対に……っ！」

「……すみません、レーガンさん」

代わりに謝罪したルインに、レーガンは「いえいえ」と首を横に振る。

「でも、気になるわね。リリス様はどうして封印から解き放たれたのかしら。勇者は魔王の封印を解くことも出来るの？」

アンナが首を傾げるのに、レーガンが答えた。

「いや、少なくとも私は聞いたことが無い。もしそんなことが出来れば、今までの間に、悪用しようとする者が必ず出て来ただろう」

「……現魔王の仕業だと思います」

ルインの発言に、レーガン親子は目を瞬かせた。

「今、この世界に降臨している魔王は、他の魔王の封印を解除出来るようなんです。実際、サシャのことも解放しようとしていました」

「そういえば、そんなことを言っていたわね。もしそうなら……魔王の部下が何者かの振りをして、クレスを利用してリリスを蘇らせた、というところかしら。七人の魔王が封印されている場所は今のところ、王族以外ではそれぞれの国に居る勇者にしか知らされていないわ。今の魔王がルインの言うようなことをしようとしているなら、そうするのが一番手っ取り早い」

セレネの推測は自分のそれと一致している。同意を示す為に、ルインは頷いた。

「なんと……もしそれが本当であれば、魔王の手の者が人間の中に紛れているということになりますな」

「大変じゃない！　お父様、早く王都に言って注意喚起をしてもらわないと」

アンナが縋るようにレーガンの服を掴む。

「ああ。しかし、どこまで信じてもらえるかどうか。証拠はまるでないからな。一応、知り合いを通じて王に進言はして頂くつもりだが」

「……オレもなるべく現魔王より先に他の魔王の封印を解除して、テイムするつもりです。現状、それがオレに出来る最善の方法だと思いますので」

「ええ。お願いします、ルインさん。現魔王がなぜ、他の魔王を解き放とうとしているのかは定かではありませんが……もし全員が目覚めてしまえば、大変なことになる」

「ま、そうじゃな。何せ魔王はどれも我が強い。残りの五人全員が野放しになれば互いに領地を競って戦い、人間側を巻き込んだ大戦争に発展するやもしれん」

　サシャの予想が現実となった時、世界は正に凄惨たる有様となってしまうだろう。

「必ず止めてみせます。オレの、魔王使いの力を使って」

「わらわもルインに同じじゃ。いずれ築くわらわの国の為にもな」

　ルインとサシャの言葉に、レーガンは深々と一礼した。

「宜しくお願いします。これは他の者達には――たとえ勇者であっても解決できない、ルインさんだけが成し得ることですので」

　レーガンの屋敷を出たルイン達は、ひとまず街の入り口に立って、今後のことを決めることにした。

「ルイン達はこれからどうするの？」

セレネの問いにサシャが腕を組み、虚空を見据えた。

「ここから西の方に大きな魔力の反応がある。恐らく三人目の魔王がいるところじゃろう」

「うん。じゃあ、そこを目指そうか」

「……なら、ここでお別れね」

左右へと伸びた街道の真ん中で、セレネは少し寂しそうな顔をする。

「なんじゃ、お主は来んのか。人間の割にはそれなりにやるから、まあ、同行しても良しとは思っておったのじゃが」

「ああ。セレネさえ良ければ、オレ達と一緒に来ないか。君が居れば心強いんだけど」

ルインが誘ってみるも、彼女は首を横に振った。

「ありがとう。でもわたし、一旦、別行動を取ろうと思うの。ほら、勇者には、自国の魔王が封印されている場所しか知らされていないでしょう？」

「ああ、そうだな。他国のことまではクレスも知らないと思う」

「ええ。だからリステリア以外の土地に封印されている魔王については、現地に行って調べるしかないのよ。わたしはルイン達が三人目の魔王を探している間、色々なところに行って、その辺りを把握しておくわ。詳細な情報が判明すれば、ルインの役に立つでしょう？」

「そ、それはそうだけど……他国の魔王については、レーガンさんみたいな人じゃないと、色々大変じゃないか？」

　クレス相手ならまだともかく、見知らぬ人間から機密扱いを受けている魔王についての情報を得るというのは、特定の地位にある人間でなければ相当な労力を強いられるはずだ。

「そうね。でも、クレスのパーティに居た頃に出来た伝手を頼って、なんとかしてみるわ。レーガンさん以外にも情報網はあった方がいいでしょう？」

「確かにそうだな。でも……本当にいいのか？」

「うん。……わたし、小さい頃から、ルインと一緒に何か大きなことを成し遂げたかったの。それが現実になるなら、こんなに嬉しいことはないし、気にしないで」

　満面の笑みを浮かべるセレネに、ルインは胸が熱くなるのを感じる。

「ありがとう。君が幼馴染で本当に良かった」

　差し出した手を、セレネは照れくさそうに握ってくる。

「わ、わたしもそうよ。ルインが幼馴染で誇らしい。そ、それに――」

「はいそこまで――ッ！」

　何かを言いかけたセレネは、しかし、サシャに体当たりされてよろめいた。

「きゃあ！　もう、またなの!?」

「そりゃこっちの台詞じゃ。ヒトの相棒をいつまでも独占するでない」

腕を組んで頬を膨らませるサシャに、セレネは「なによもう……」と不満そうに呟いた。

「ふーん。ルイン、やるもんだね」

二人の様子を見ていたリリスが意味深に告げてくるのに、ルインはきょとんとした。

「なにがだ？」

「……なるほど。これは中々鈍い」

呆れたように肩を竦めるリリスに、ルインは不審な眼差しを送る。

「まあ、いいわ。それじゃあ、わたしは王都へ行くから」

「ああ、分かった。……でも、また会えるよな？」

「うん。きっと会えるわ。他の魔王のこと、何か分かったら連絡するから。時間を見て、王都のギルド宛に手紙を送って」

「了解だ。ありがとう。――またな」

紆余曲折あったが、ルインとセレネはまた同じ夢を持つことが出来た。先は途方もなく長い。だが――しかしルインも、そしてセレネも、必ず実現できると思っている。

そのことが、何よりうれしかった。

「さよなら。サシャ、リリス、ルインのことをよろしくね」

「ふん。お主に言われんでもな。ま、次に会った時はこやつとただならぬ関係になってるやもしれぬが」

言ってサシャは妖艶な笑みを浮かべ、ルインを抱き寄せた。急なことで足をもつれさせたルインは、彼女の豊満な胸に顔を埋めてしまう。柔らかな感触が肌を包み込んだ。

「うぷっ。ちょ、ちょっと、サシャ……！」

「お。サシャが一歩、進んだ」

「なっ……ちょ、ちょっと!?　いかがわしいことは禁じるわよ!?　もし破ったらただじゃおかないからね!?」

熟した林檎のように赤面したセレネが、両手を振りあげた。

「ふははははははは。人間の言うことなど聞けるか。魔王じゃからな！」

「ふむ。それに関しては同意」

だがサシャもリリスも、笑みを浮かべるだけだ。

「ああ、もう！　これだから、魔族っていうのは――ッ！」

良く晴れ渡った空に、セレネの叫びが木霊する。

「いや、というかオレの意志は……？」

魔王使いとして強大な力を有したルイン。

しかし何故か、配下であるはずの魔王に翻弄される現状に――。

「……ま、いいか」

諦め気分で、苦笑したのだった。

Fin

あとがき

今から遡ること、二十年以上前の話です。

当時ぼくは、某超大作ＲＰＧをプレイしていました。

そのゲームは戦闘で倒した魔物を仲間にできるというもので、現在ではさほど珍しくもなくなりましたが、当時としては非常に画期的なシステムでした。

そんな折、ぼくはクラスメイトの友人からある情報を仕入れます。

「ラスボスを十五ターン以内に倒したら、仲間になるぞ」

まじかよ。

ＲＰＧのラスボスと言えばプレイヤーのゲームクリアを最後に阻む、まさに難攻不落の存在。それを自らの配下に出来るというのですから、これはとんでもない話です。

さすがに某超大作ＲＰＧ、他とはやることが違うと興奮し、なんとか実現する為に挑戦に挑戦を重ねました。主人公パーティのレベルを最高値にするだけでなく、揃えるだけの最強装備を用意し、仲間も厳選したものです。

そうしてぼくは、何度目かのバトルによって、ついに成功しました。

ラスボスは断末魔を上げて倒れていき、バトルクリアのＢＧＭが鳴り響きます。

さぁ、いよいよだと身構えたぼくの目に、あるものが飛び込んできました。

繰り返し繰り返し、飽きるほど見た覚えのあるエンディングです。

そう。ラスボスは仲間になりませんでした。

嘘だろ⁉　と焦り友達に確認をとったところ、あのアイテムが足りないからだとか、あのモンスターを仲間にしていないからだと次々にアドバイスを貰ったものの、結局は一度として成功しませんでした。

後に判明しましたが、完全なデマだったようです。

当時はインターネットもまだ一般的ではありませんでしたし、情報の正誤を確かめる術がない為、様々なゲームの噂がまことしやかに囁かれていました。これもその一つです。

しかし「ラスボスが仲間にできる」という、ある種の反則級な魅力はぼくの中に存在し続けており、本作にもその気持ちが大いに反映されております。

というわけでお久しぶりです、空埜一樹です。

「魔王使いの最強支配」は如何だったでしょうか。

今回は「全ての魔王を仲間にできる」というとんでもない力に目覚めた、魔物使いならぬ魔王使いが主人公のお話です。

また同時にコンビ物というか、男女のタッグであらゆる敵を薙ぎ倒していく構図にもなっており、その辺りも楽しんで頂けると幸いです。

閑話休題。昨今、何かと外出の難しい世の中となっており、ぼく自身も家の中にこもりきりの生活を送っております。

そこでちょこちょこと、昔にやっていたゲームなどを再プレイして、子どもの頃を思い出しながら懐かしい気持ちに浸っていたりしていました。

ですが一つ大きな問題がありまして……アクションなどが滅茶苦茶に下手になっていました。昔は目を瞑ってでもクリアできたものが、今は最初の面すら苦戦する始末。

特にあの「空中に浮かんだ敵を踏んでいって、向こう側に渡る」という行為がまるで出来なくなっていました。要は踏んだ瞬間に再びジャンプボタンを押せばいいだけの話なのですが、どうしても出来ない。多分、テンポがわずかに遅れているのでしょう。

で、なぜ遅れるのかと言えば、これはもうまごうことなく、老いなのです。

加齢によって反射神経が鈍くなっているというか、脳から送られる信号を指が実行するまでのタイムラグが昔より酷くなっている。そうに違いありません。

結構割と本気でへこみました。

皆さんも、自らの老いを自覚する為に、昔のゲームをやってみては如何でしょう。

なんの話か分からなくなってきたので謝辞に移ります。

担当S様。今回は……というか今回も色々とご苦労おかけして申し訳ありません。次こそは！　と思いながらはや十数年です。頑張ります。

イラスト担当のコユコム様。他のキャラもそうなのですが、初めにサシャのイラストを頂いた時、もやりとしていたイメージ像がばしっと決まりました。本当にありがとうございます！

様々な場面で感想を下さる方。そして何よりすべての読者様へ。

最大限の、感謝を。

それではまた次でお会いしましょう。

八月　空埜一樹

BGM【ルームナンバー（PSI　MIX）】

HJ文庫
960
http://www.hobbyjapan.co.jp/hjbunko/

魔王使いの最強支配 1

2021年10月1日　初版発行

著者――空埜一樹

発行者―松下大介
発行所―株式会社ホビージャパン

〒151-0053
東京都渋谷区代々木2-15-8
電話　03(5304)7604（編集）
　　　03(5304)9112（営業）

印刷所――大日本印刷株式会社

装丁――木村デザイン・ラボ／株式会社エストール

Printed in Japan

ISBN978-4-7986-2581-2　C0193

ファンレター、作品のご感想
お待ちしております

〒151-0053　東京都渋谷区代々木2-15-8
(株)ホビージャパン HJ文庫編集部 気付
空埜一樹 先生／コユコム 先生